Mit Computern lässt sich alles wesentlich effektiver durchführen - auch Betrug!

Hans-Jürgen Soll

Tot in Bergedorf

Krimi um Computer und Betrug

Bibliografische Information der Deutschen National-bibliothek:
Die Deutsche Nationalbibliothek verzeichnet diese Publikation in der Deutschen Nationalbibliografie; detaillierte bibliografische Daten sind im Internet über http://dnb.dnb.de abrufbar.

Herstellung und Verlag: BoD – Books on Demand, Norderstedt

ISBN: 978-3-7392-3729-9

Vorwort

Bergedorf ist ein Stadtteil am südöstlichen Stadtrand von Hamburg, der im Kern die Stadt Bergedorf umfasst. Bergedorf wurde 1162 zum ersten Mal urkundlich erwähnt und erhielt 1275 das Stadtrecht. 1868 wurde Bergedorf endgültig in Hamburg eingemeindet.

Aufgrund der örtlichen Entfernung und durch die geografische Inselbildung des Ortes, hat sich Bergedorf seine eigene Identität und auch seine Infrastruktur bewahrt. So gibt es ein Rathaus, eine Einkaufszone, ein kleines Kino und mit dem 'Haus im Park' auch ein kleines Theater. Bergedorf hat sogar einen winzigen Hafen und im Sommer kann man mit der Bergedorfer Schifffahrtslinie von dort bis in den Hamburger Hafen oder an wenigen Terminen nach Mölln, Lüneburg, Lübeck oder bis nach Berlin fahren.

Auch wenn Bergedorf kein offizielles Wahrzeichen hat, werden die Kirche 'St. Petri und Pauli' sowie das Bergedorfer Schloss als solches angesehen.

Diese eigene Identität spiegelt sich auch in den Bergedorfern wieder. Wenn sie 'in die Stadt' fahren, dann meinen sie damit die Bergedorfer City. Und wenn sie wirklich einmal in die Hamburger City müssen, dann fahren sie 'nach Hamburg'. Doch meist bieten die lokalen Geschäfte alles was ein Bergedorfer braucht. Es gibt nur wenige Gründe Bergedorf zu verlassen, es sei denn man muss es 'mit den Füßen voran', wie man in dieser Gegend sagt.

Bergedorfer Schloss

Kapitel 1

Glinda stand nackend vor dem Spiegel und schüttelte den Kopf. Es mussten ja keine prallen Rundungen sein, aber wenn sie wenigstens kleine Äpfelchen hätte. Stattdessen waren da nur Verdickungen mit den Brustwarzen drauf. Ansonsten war sie mit ihrem Körper nicht unzufrieden. Sie war zwar sehr schlank, und Arme und Beine waren eher dünn, doch sie empfand dies durchaus als sexy. Und ihr Gesicht war hübsch, selbst ohne Makeup. Das hatten ihr schon viele gesagt.

Schließlich schob sie ihre mehr als schulterlangen blonden Haare zur Seite und zog den schwarzen Spitzen-BH an. Eigentlich war bei ihr ein BH völlig überflüssig, aber sie empfand es als sexy wenn er durch ihre Bluse schimmerte und schließlich wollte sie Andrej gefallen. Sie überlegte, ob sie die Körbchen etwas ausstopfen sollte. Aber dann verwarf sie diesen Gedanken genauso schnell, wie er gekommen war. Nein, man sollte keine neue Beziehung auf Lüge aufbauen.

Sie seufzte noch einmal. Dann griff sie zum passenden schwarzen Tanga und zog ihn an. Auch wenn Andrej den gar nicht sah, so fühlte sich Glinda damit irgendwie weiblicher. Andere Wörter dafür verbannte sie schnell aus ihrem Kopf.

**

Glinda freute sich auf ihr viertes Date mit Andrej. Es war schon eigenartig gewesen, wie sie ihn kennen gelernt hatte. Sie konnte sich noch genau daran erinnern. Es war vor genau einem Monat gewesen. Glinda war, wie jeden Dienstag, zum Einkaufen zu REWE gefahren und als sie ihre Einkäufe einladen wollte, bemerkte sie, dass ihr Auto einen Platten hatte. Andrej kam zufällig vorbei, bemerkte ihr Problem und bot sofort Hilfe an. Offenbar war der Reifen intakt und nur die Luft herausgelassen worden. Bei diesem Gedanken kroch wieder die Wut in Glinda hoch. Wer konnte so etwas nur tun? Aber gottseidank war ja Andrej dort. Zusammen fuhren sie zur nächsten Tankstelle und Andrej borgte sich dieses Teil zum Luftnachfüllen aus. Sie mussten noch zweimal fahren, bis der Reifen wieder prall gefüllt war. Ja, wenn Andrej damals nicht gewesen wäre.

Überhaupt war Andrej der Typ von Mann, der Glinda gefiel. Er war nicht aufdringlich und, so wie sie auch, nicht auf Sex aus. Er war einfach der ideale Partner. Und er hörte Glinda stets interessiert zu, wenn sie erzählte. Glinda konnte sich schon vorstellen, Andrej eines Tages zu heiraten und den Rest ihres Lebens zusammen mit Ihm zu verbringen. Ihre Gedanken schweiften immer weiter ab ... .

Kapitel 2

„Pfffff! Hanjo erleichterte sich im wahrsten Sinne des Wortes mit kraftvollem Strahl ins Pinkelbecken. Wenn er, wie heute, zwei Stationen früher ausstieg und zu Fuß zum Informatikum ging, dann kam sein Körper so richtig in Schwung und das füllte auch seine Blase. Hanjo war zur „Verschlüsselungs"-Übung, wie meistens, früh hier, wenngleich früh um viertel vor sechs abends schon relativ ist.

Erschrocken schaute sich Hanjo um, als die Tür der Herrentoilette polternd geöffnet wurde. Dabei verfehlte er fast den Zielbereich des Beckens. Hanjo sah, dass Andrej, der „Verschlüsselungs"-Dozent, auf ihn zustürmte.

„Entschuldige, dass ich unterbreche. Aber es ist ein Notfall! Kannst Du diesen Stick für mich aufbewahren?"

Bevor Hanjo irgendetwas antworten konnte, fummelte Andrej an Hanjos Hosentasche herum und war sofort wieder verschwunden. Hanjo war diese bizarre Situation überaus peinlich. Und inzwischen war ihm auch alles vergangen. Er schüttelte ab, steckte ein und zog den Reißverschluss seiner Hose hoch. Dann ging er zum Wachbecken. Doch kurz bevor er den Wasserhahn berührte, hörte er von draußen einen unterdrückten Schrei und Stöhnen. Hanjo rannte sofort heraus, wobei er seine Hände an der Hose abwischte.

Als er erst halb aus der Tür war, schaute er sich schon hektisch um. Ein größeres Stück entfernt im Flur sah er Andrej zwischen zwei Männern an der Wand. Andrej stand mit leicht gespreizten Beinen und den Händen schräg an der Wand, um ihn herum waren zwei stämmige Männer mit dunkelblauen Blousons mit dem Aufdruck „Security". Ansonsten war der Flur, wie oft um diese Zeit, menschenleer. Der eine Mann durchsuchte Andrej, zog das Handy aus Andrejs Gesäßtasche und steckte es ein.

„Scheiße", dachte Hanjo, „was wird hier gespielt?". Er hatte hier noch nie Security gesehen. Kurz entschlossen rannte er auf die Männer zu.

„Was kann ich nur machen?", überlegte er. Dann riss er sein Smartphone aus der Jackentasche und wollte die Videokamerafunktion einschalten. Es gelang ihm aber beim Laufen nicht.

„Dann eben nicht. Muss auch so gehen", dachte er. Als er nur noch wenige Meter entfernt war, tat er so, als wenn er alles mit seinem Handy aufnahm und rief: „Okay, ich filme jetzt alles". Einer der beiden Männer zog gerade Handschellen von seinem Gürtel.

„Scheiße", dachte er, „das ist doch völlig naiv von mir. Gleich knallt er mir eine und dann bin ich dran."

Doch es kam anders als erwartet. Der Mann steckte die Handschellen wieder ein, wandte sich ab und sagte zu Andrej: „Sie werden noch von uns hören". Dann entfernten sich die beiden Security-Männer.

„Ich habe alles gefilmt! Ich habe alles gefilmt!"

Doch dann kam sich Hanjo plötzlich ziemlich lächerlich vor. Erst jetzt bemerkte er, dass eine Gruppe Studenten auf sie zugeeilt kam.

Er machte einen Schritt auf Andrej zu. „Sind sie verletzt?".

„Nein, es ist alles in Ordnung. Es ist nichts."

Der Tonfall seiner Stimme sagte aber etwas anderes.

„Wirklich?"

„Ja, aber ich muss jetzt weg."

Andrej ging leicht gekrümmt fort. Hanjo und die anderen Studenten sahen ihm nach. Nach kurzer Zeit trottete Hanjo langsam zum Seminarraum.

Bis 19:30 Uhr trafen die üblichen Leute ein, nur der Dozent, Andrej, fehle. Auch nach einer halben Stunde war Andrej immer noch nicht da. Dann gingen die ersten Teilnehmer. Hanjo wartete weiter, aber bis auf, dass immer mehr gingen, passierte nichts. Schließlich ging auch er.

**

Hanjo ging zwei Haltestellen weiter. Er brauchte das jetzt, um langsam wieder einen klaren Kopf zu bekommen. Die kalte Novemberluft half dabei, auch wenn es stürmisch war und leicht regnete. Dieses war wirklich ein skurriler Abend gewesen. Nein, das Wort 'skurril' passte nicht. Vielleicht eher 'schräg' oder 'bizarr'? Ja, 'bizarr' passte ganz gut. Hanjo fasste in seine Hosentasche, um ein Tempotaschentuch heraus zu ziehen. Da erfasste er plötzlich etwas. Er zog es heraus und sah einen USB-Stick. Sofort sah er die Szene im Klo wieder vor sich: Andrej hatte ihm ja etwas in die Hosentasche gesteckt.

Hanjo war durch die Ereignisse davon völlig abgekommen.

Kapitel 3

Glinda war sauer. Warum hatte sich Andrej mit ihr nicht, wie bisher, in einem Restaurant verabredet, sondern ausgerechnet an dieser Straßenkreuzung? Und das bei Sturm und Regen. Glinda fror. Nein, so würde sie nicht auf ihn warten.

Sie zog ihr Handy aus der Tasche und wählte seine Nummer.

„Tüüt – tüüt – tüüt. Hallo".

„Hallo Andrej, hier Glinda. Ich stehe hier im Regen und friere. Können wir uns nicht im Restaurant treffen?"

„Wo bist Du?"

„Na, Chrysanderstraße Ecke Vinhagenweg, genau wie verabredet. - Aber sag mal, deine Stimme klingt ganz anders? - Wer sind sie?"

„Sie haben wohl eine falsche Nummer gewählt."

Und damit hatte der Fremde am anderen Ende aufgelegt. Glinda war verwirrt. Das war doch Andrejs Nummer gewesen. Zur Sicherheit schaute sie noch einmal in die Anrufliste und tippte auf einen alten Anruf von Andrej.

„Tüüt – Dieser Anrufer ist zurzeit nicht erreichbar".

Merkwürdig, in der Tat sehr merkwürdig.

Glinda schaute sich um. Auf der einen Seite ein Park und auf der anderen Straßenseite, hinter parkenden Autos, Sträucher und Bäume in einer Anlage. Hinter ihr Wohnhäuser, die wohl schon viele Jahrzehnte alt waren, wenn nicht noch älter. Glinda mochte diese alten Häuser mit den Verzierungen und hohen Fenstern nicht. Aber dann sah sie am Haus direkt hinter sich doch etwas Positives. Die Eingangstür war nicht direkt an der Straße, sondern ein Stück nach hinten versetzt. Drei Stufen führten in einer Art Nische zur Tür nach oben. In dieser Nische war sie wenigstens vor Wind und Regen geschützt. Glinda stellte sich auf die erste Stufe und beobachtete die Straße.

Ab und an fuhr ein Auto vorbei, ansonsten war die Straße menschenleer. Nach einigen Minuten sah sie am Ende der Straße eine Person, die rasch näher kam. Könnte das Andrej sein? Als der Mann unter einen Straßenlaterne vorbeiging konnte Glinda ihn genauer erkennen. Ja, es musste Andrej sein. Ihre leichte Beleidigung verwandelte sich rasch in Freude.

Merkwürdig war nur, dass ein dunkles Auto leicht nach hinten versetzt, neben Andrej entlangfuhr. Andrej schien das Auto jetzt auch zu bemerken, denn er schaute sich um und beschleunigte seine Schritte. Das Auto blieb weiterhin parallel zu ihm. Schließlich rannte Andrej, aber das Auto blieb weiterhin in seiner Höhe.

„Da stimmt doch etwas nicht", dachte Glinda und trat hastig aus ihrer Deckung heraus auf die Straße.

Plötzlich machte Andrej einen Haken nach rechts und rannte auf den Park zu. Das kam für den Fahrer des Wagens unerwartet. Aber er reagierte schnell, machte eine Vollbremsung und setzte wenige Meter schräg zurück. Dann heulte der Motor auf und das Auto raste über den Gehweg hinweg, in einen schmalen Fußweg und hinter Andrej her. Glinda konnte jetzt weder Andrej noch das Auto mehr sehen.

Glinda schrie auf und lief ebenfalls in Richtung Park. Sie war erst wenige Meter weit gekommen, als sie ein metallisch klingendes Boing hörte. Danach war es zunächst für einige Sekunden still, aber dann heulte der Motor mehrmals kurz auf und das Auto fuhr aus dem Park heraus auf die Straße, wo es rasch beschleunigte und in der Ferne verschwand. Nun war alles wieder ruhig.

Glinda rannte, bis sie glaubte, dass ihre Lunge zerplatzen würde. Dann sah sie in der Dunkelheit einen Körper in einem Blumenbeet liegen. Sie bückte sich und ließ sich dann auf die Knie fallen.

„Andrej, Andrej, was ist?"

Aber Andrej stöhnte nur.

Kapitel 4

In Glindas Kopf war alles wie Watte. Sie konnte keinen klaren Gedanken fassen. Das kam wohl vom Beruhigungsmittel, das der Arzt ihr gegeben hatte. Immer wieder und wieder kam diese Szene in ihren Kopf. Wie Andrej im Dunkeln in dem Beet lag, wie er stöhnte. So sehr sich Glinda bemühte, diese Bilder zu verdrängen, sie kamen immer wieder. Glinda goss sich noch etwas Rum ins Glas und stülpe ihn runter. Er schmeckte ihr nicht, aber vielleicht half es.

Glindas Augen schienen sich zu verkrampfen. Und dann war da der Schmerz, echter physischer Schmerz. Tränen liefen über ihre Wangen. Andrej lag im Blumenbeet. An das, was danach geschah, konnte sie sich nicht mehr erinnern. Erst wieder an den hell beleuchteten Raum im Polizeirevier. Man hatte ihr gesagt, dass sie im Park hysterisch geschrieen habe. Dadurch wurden Anwohner alarmiert und hatten schließlich Polizei und Feuerwehr gerufen. Als man Glinda später gesagt hatte, dass Andrej auf dem Weg ins Krankenhaus verstorben sei, da musste bei ihr wohl etwas ausgerastet sein. Schließlich hatten ein Notarzt ihr ein Beruhigungsmittel gespritzt und ein Polizist sie nach Hause gebracht.

„Andrej."

Kapitel 5

Hanjo saß beim Frühstück mit Kakao und Baumkuchen. Okay, das war nicht das Gesündeste, aber er liebte Baumkuchen und ab und zu konnte er sich einen von ALDI gönnen. Er stellte seinen Laptop an und lud die Bergedorfer Zeitung herunter. Auf dem Titelblatt war ein Foto von einem Rettungswagen vor dem Schlosspark. Ansonsten sah man im Dunklen nur noch ein paar Feuerwehrmänner und Polizisten. Die Überschrift lautete: „Informatik Dozent im Schlosspark ermordet?"

„Warum wird denn der Informatiker so herausgestellt?", dachte Hanjo, „das sind doch auch ganz normale Menschen."

Eigentlich wollte Hanjo zur nächsten Seite weitergehen, doch dann wurde seine Aufmerksamkeit geweckt. „Bei einem mysteriösen Vorfall im Schlosspark wurde der Informatik Dozent Andrej P. so schwer verletzt, dass er auf dem Weg ins Krankenhaus verstarb ….."."

Sofort wurden bei Hanjo die Erinnerungen an den gestrigen Abend wieder wach. Bei 'Andrej P.' konnte es sich nur um Andrej Posjek handeln. Da konnte es einen Zusammenhang mit einem gestrigen Erlebnis im Informatikum geben; nein, da *musste* es einen Zusammenhang geben. Es war jetzt seine Pflicht, zur Polizei zu fahren und alles, was er erlebt hatte, zu berichten. Auch den USB-Stick wollte er abgeben. Zuvor kopierte er allerdings noch schnell mit seinem Laptop die Daten vom USB-Stick auf seine Sicherungs-SD Karte, die er stets in seiner Brieftasche aufbewahrte. Das würde er den Beamten allerdings nicht sagen.

Auf dem USB-Stick befanden sich zwei .zip-Archive. Die Neugierde war in ihm geweckt. Allerdings konnte diese nicht gestillt werden. Zwar konnte er die Archive öffnen, aber die einzelnen Dateien waren jeweils mit einem Kennwort geschützt. Außerdem bestanden die Dateinamen aus einem Buchstaben gefolgt von einer Zahl, so dass auch die Dateinamen keinerlei Anhaltspunkt gaben. „So ein Mist", dachte Hanjo und machte sich schlechtgelaunt auf den Weg zur Polizei.

Kapitel 6

Glinda hatte lange geschlafen und war schließlich mit Kopfschmerzen aufgestanden. Sie saß gerade beim kombinierten Frühstück und Mittagessen, als es an der Tür klingelte. Sie ging zur Tür und öffnete vorsichtig. Vor der Tür stand der Polizist, der sie gestern ausgefragt hatte.

„Guten Morgen, Frau Moll. Es tut mir so unendlich leid, was gestern geschehen ist. - Ich würde gerne mit ihnen reden, es ist aber nicht offiziell. Darf ich hereinkommen."

„Ja, gerne. Gehen wir ins Wohnzimmer. - Entschuldigen sie, aber ich habe noch nicht aufgeräumt. - Nehmen sie Platz."

„Das macht doch nichts." Nach einer Pause fuhr er fort: „Weshalb ich hier bin, ich dachte es interessiert sie, wann die Beerdigung ist."

Der Polizist schob ihr einen Zettel hin. „Ich habe hier alles aufgeschrieben."

„Danke".

Glinda schaute flüchtig auf den Zettel und dann wieder auf den Polizisten. Dieser schien merkwürdig nervös. Glinda ahnte schon Schlechtes. „Haben sie noch etwas auf dem Herzen?"

„Ja. Es gibt da tatsächlich noch etwas. Andrej Posjeks Frau möchte sehr gerne mit ihnen sprechen."

„Andrej Posjeks Frau? Das kann nicht sein. Er war nicht verheiratet!"

„Auf diesem Zettel steht ihre Telefonnummer. Sie sollten sie anrufen. Sie meinte, das würde ihnen sehr helfen und vielleicht ihr auch. Sie fühlt sich schuldig."

Der Polizist wartete, bis Glinda sich etwas gefasst hatte.

„Ich gehe jetzt. Denken sie in Ruhe darüber nach. Auf Wiedersehen."

Glinda war völlig fassungslos. Tränen liefen an ihren Wangen herunter. Das konnte nicht sein. Glinda war schon dabei den Zettel zusammen zu knüllen, da dachte sie noch einmal an die Worte des Polizisten: 'Sie fühlt sich schuldig.' Wie war das zu verstehen? Woran hatte sie Schuld? Vielleicht sollte sie doch anrufen. Glinda goss aus der Flasche, die noch von gestern Abend auf dem Tisch stand, das alte Glas bis zum Rand voll und stülpte den Rum herunter. Dann starrte sie an die Wand. Als sie merkte, dass sich ihre innere Verkrampfung langsam löste, wählte sie die Nummer auf dem Zettel.

„Hallo, hier ist Monika Posjek."

„Hallo, hier Glinda Moll."

„Ach Glinda, Andrej hat viel von ihnen erzählt."

„Er hat *ihnen* viel von mir erzählt?"

„Ja, es ist anders als sie glauben."

„Was soll ich denn nur noch glauben? Andrej wird ermordet. Ich muss alles mitansehen und jetzt hat er auch noch eine Frau. Was soll ich glauben?"

„Ich verstehe sie ja. Aber ich kann das alles erklären. Andrejs Tod wird dadurch zwar nicht weniger schmerzhaft für uns, aber ich glaube, dass es dann für sie einfacher sein wird. Ich möchte ihnen doch nur helfen, alles zu verarbeiten."

Glinda bemerkte, dass nicht nur sie, sondern auch Andrejs Frau angefangen hatte zu weinen. Dadurch entstand eine lange Pause. Es dauerte, bis Glinda sich etwas gefasst hatte.

„In Ordnung."

„Wann und wo wollen wir uns treffen?"

„Ich weiß nicht."

„Morgen Abend?"

„Ja."

„18:00 Uhr Café Greco, gegenüber St. Petri und Pauli?"

„Kenne ich. Ich werde kommen."

„Gott beschütze sie."

Damit war das Gespräch beendet.

Kapitel 7

Hatte Hanjo gehofft, dass er bald wieder zuhause sein würde, dann hatte er sich getäuscht. Er saß über eine Stunde in der hell erleuchteten Polizeiwache und beobachtete die verschiedensten Leute am Tresen. Besonders ein Mann, dem angeblich sein Gebiss gestohlen worden war, erregte seine Aufmerksamkeit. Dann endlich war er an der Reihe. Der Beamte nahm seine Aussage auf und schrieb alles in seinen PC. Danach musste er seine Aussage noch unterschreiben. Schließlich übergab Hanjo dem Polizist den USB-Stick. Warum hatte Hanjo nur die Befürchtung, dass er mit seiner Zeit hätte Besseres anfangen können? Na ja, wenigstens konnte er endlich wieder nach Hause.

**

Als Hanjo endlich wieder vor seiner Wohnungstür stand, hatte er gleich das Gefühl, dass etwas nicht stimmte. Er schaute die Tür genau an und bemerkte, dass zwischen Tür und Rahmen in Höhe des Knaufes, Farbe fehlte und das Holz eingedrückt war.

Hanjo fasste vorsichtig an der Tür die beschädigte Stelle an. Dabei erschrak er; die Tür ging durch die leichte Berührung auf. Sein einziger Gedanke war: „Scheiße, Einbruch".

Hanjo ging vorsichtig in die Wohnung, als wenn er jeden Augenblick den Einbrecher erwartete. Er machte das Licht an. Nichts geschah. Er ging langsam weiter durch die Wohnung. Wenn er erwartet hatte, dass alles durchwühlt und ein Chaos wäre, dann wurde er enttäuscht. Ihm viel nichts Ungewöhnliches auf.

„Das ist wirklich eigenartig. Was soll das Ganze?"

So sehr Hanjo alles überprüfte, es schien nichts zu fehlen. Aber die unordentlichen Stapel auf seinem Schreibtisch schien jemand durchsucht zu haben. Trotzdem schien nichts zu fehlen.

„Merkwürdig, sehr merkwürdig."

Doch dann bemerkte er, dass sein Rucksack für die Uni nicht ganz genau an seinem Platz stand. Er kniete sich neben den Ruck und durchsuchte ihn. Sein Laptop fehlte!

„Scheiße! Also das haben die Diebe gesucht. - Was mache ich zuerst? Rufen ich einen Notdienst an, damit er die Tür sichert oder gehe ich zuerst zur Polizei? Lieber zuerst zur Polizei, damit keine Spuren verwischt werden. Vielleicht kann Oma Käthe solange ein Auge auf meine Wohnung werfen."

Oma Käthe war die Nachbarin auf Hanjos Etage. Eigentlich hieß sie Käthe Kruse, aber jeder nannte sie 'Oma Käthe'. Man hätte sie aber auch genauso gut 'lebende Zeitung' oder 'Informationszentrum' nennen können. Jedenfalls entging Oma Käthe nichts.

Hanjo klingelte an ihrer Tür.

„Hallo Hanjo, schön, dass du mich einmal besuchst. Auch, wenn du vermutlich jüngere Frauen bevorzugst."

„Bei mir ist eingebrochen worden. Haben sie etwas bemerkt?"

„Eingebrochen? Wann? Erzähl!"

„Ich weiß nicht, ich war drei Stunden weg und als ich eben zurückgekommen bin, da habe ich es bemerkt."

„Leider ist mir nichts aufgefallen. Ist der Schaden groß? Kann ich mir das anschauen?"

„Schade", dachte Hanjo, „meine Hoffnung war, dass diese alte Klatschtante etwas mitbekommen hätte."

„Wie mans nimmt. Mein Laptop ist gestohlen worden. Deshalb muss ich jetzt zur Polizei. Können sie so lange ein Auge auf meine Wohnung werfen? Ich kann die Tür nicht abschließen."

„Klar, ich bewache deine Wohnung doch gerne."

Warum hatte Hanjo nur den Gedanken, dass Oma Käthe seine Wohnung lieber von innen bewachen würde? Egal, Hanjo zog seine Wohnungstür vorsichtig ran und machte sich auf den Weg zur Polizei.

Und wieder saß Hanjo in der hell erleuchteten Polizeiwache und beobachte längere Zeit die Leute. Dann endlich durfte er dem diensthabenden Beamten den Einbruch schildern. Nachdem der Beamte alles im PC aufgeschrieben und die Anzeige ausgedruckt hatte, musste er diese noch unterschreiben, und das war es. Kurz und knapp. Und Hanjo war davon ausgegangen, dass in seiner Wohnung Spuren gesichert und Nachbarn befragt würden. Stattdessen hatte er jetzt das Gefühl, dass der

Polizeibeamte meinte, seine Pflicht mit dem Protokoll erfüllt zu haben.

„Hier ist ihre Kopie. Damit können sie den Diebstahl ihrer Versicherung melden. Auf Wiedersehen."

„Der meint doch nicht wirklich, dass ich ihn wieder sehen möchte", dachte Hanjo, „ich war heute doch schon zweimal hier."

Kapitel 8

Glinda stand mit Herzklopfen vor dem Café Greco. Innen würde Andrejs Frau sitzen. Hatte sie wirklich den Mut hineinzugehen? Glinda zögerte. Dann drehte sie sich um und ging weg.

„Scheiße, du kannst doch nicht immer nur davonlaufen." Abrupt machte Glinda kehrt, ging zurück, öffnete die Tür und schritt hindurch.

Glinda kannte zwar das Café Greco, aber hauptsächlich von Außen. Sie hatte im Sommer schon oft an den zugehörigen Tischen auf der anderen Straßenseite, direkt vor St. Petri und Pauli gesessen und einen Eisbecher oder Kaffee und den leckeren Kuchen genossen. Innen war sie bisher nur auf dem Weg zur Toilette gewesen. Den Raum am Eingang füllte die große Kuchentheke aus. Die wenigen Tische hier, die direkt an den großen Fenstern standen, waren alle leer. Aber es gab ja noch einen zweiten, größeren Raum. Glinda ging an den Toiletten vorbei dorthin. Bisher hatte sie diesen Raum noch nie bewusst wahrgenommen. Ihr erster Eindruck war 'dezent'. Glinda wusste nicht, was für ein Holz für die Tischplatten und Platten an den Wänden verwendet worden war, es hatte eine starke Maserung mit Kreisen und Punkten und sah bei flüchtigem Hinschauen wie Intarsien aus. Das dunkle Beige der Wände und der Decke bildete einen sanften Kontrast dazu. Die Stühle hatten hölzerne Armlehnen und waren mit grünem, ganz leicht gemustertem Samt bezogen. Dasselbe Grün war auch im Teppichboden verwendet worden. An der Rückseite des langen Raumes mit Nischen war ein großes Gemälde, das Bergedorf zeigte, als es noch ein Dorf war. Die eher dunkle, unauffällige Beleuchtung sorgte für eine gemütliche Atmosphäre. Für freundschaftliches Gespräch sicher ein ausgezeichnetes Ambiente. Aber würde es ein solches Gespräch werden?

Glinda erkannte Andrejs Frau sofort. Um diese Uhrzeit waren nur wenige Gäste im Café. An einem Tisch am Fenster, neben dem großen matten Spiegel, saß eine etwas rundliche junge Frau, die dezent, aber in schwarzer Farbe gekleidet war. Neben ihr saßen zwei Kinder, Glinda schätzte sie auf drei und fünf Jahre. Glinda ging zu dem Tisch und nickte der Frau zu.

„Hallo Glinda, ich bin Monika."

„Hallo."

„Komm setzt dich."

„Sind das deine Kinder?"

„Was darf ich ihnen bringen?" fragte der Ober. Es war ein junger, schlanker und gutaussehender Mann. In seinem schlichten schwarzen T-Shirt und der langen, schwarzen Kellner Schürze, sah er elegant aus. Die Jeans und Turnschuhe, die unten herausschauten, zerstörten diesen Eindruck allerdings.

„Ein stilles Wasser bitte."

„Ja. Glinda, Liebes, es ist alles anders als du meinst. Andrej hat mit dem Geheimdienst zusammengearbeitet und aus diesem Grund eine Beziehung zu dir aufgebaut."

„Ach daher der platte Reifen und seine Hilfsbereitschaft. Warum quälen sie mich. Warum sagen sie mir jetzt, dass alles nur Lüge war."

„Ich bin hier, um dir zu sagen, dass es nicht so war. Andrej hat dich sehr gemocht. Er hat gesagt, dass du etwas Besonderes bist und er dich nicht verletzen möchte. Deshalb wollte er dir an dem Abend alles erklären. Aber es kam nicht mehr dazu".

Monika begann zu weinen. „Ich möchte doch nur, dass du nicht schlecht von ihm denkst. Ja, ich war schon ein bisschen eifersüchtig."

Glinda stand auf, ging zu Monika und drückte sie fest an sich. Dann begann auch sie zu weinen. Die beiden Kinder schauten verwirrt zu.

„Es tut mir so Leid für dich und die Kinder. Es ist alles so schrecklich."

Dann küsste Glinda Monika auf die Wange, drehte sich um und ging zum Ausgang.

„Glinda, kommst du zur Beerdigung?"

„Ja, auf jeden Fall."

„Danke."

„Ihr Wasser, sie müssen noch zahlen", rief der Ober.

„Das ist schon in Ordnung, ich übernehme das."

Monika schaute noch einige Zeit aus dem Fenster auf den von den Straßenlaternen schwach beleuchteten Schlossgraben, mit dem bewachsenen Wall dahinter und dem in der Dunkelheit schemenhaften Schloss, in dem zwei Fenster hell erleuchtet waren.

Kapitel 9

Glinda saß wieder an ihrem Wohnzimmertisch. Die fast leere Rumflasche und das schmutzige Glas standen immer noch darauf. Erst jetzt kam sie langsam wieder zu sich. Ein Wechselspiel von verschiedenen Emotionen war über sie gekommen. Deshalb war sie davon gelaufen. Sie konnte sich nur noch daran erinnern, dass sie gelaufen war; wie sie genau nach Hause gekommen war, wusste sie nicht mehr.

Es war alles so schrecklich. Monika mit den beiden Kindern tat ihr so leid. Und Glinda glaubte Monika. Auch wenn alles anders begonnen hatte, Andrej hatte sie geliebt und wollte deshalb Schluss machen. Auf der anderen Seite hatte Monika gesagt, dass Andrej mit dem Geheimdienst zusammengearbeitet hatte. Mit welchem Geheimdienst? War er ein feindlicher Spion? Glinda konnte sich das nicht vorstellen. Eigentlich wusste sie nicht, was sie überhaupt noch glauben konnte. Automatisch goss sie das Glas voll und trank es aus.

**

Glinda wurde durch Klingeln an ihrer Haustür aufgeschreckt. Fast automatisch ging sie zur Wohnungstür und öffnete sie. Sie stand einem bulligen Mann in einem dunkelblauen Outfit mit der Aufschrift 'Security' gegenüber.

„Guten Tag, sind sie Glinda Moll?"

„Ja."

„Sie Kennen doch Andrej Posjek?"

„Ja."

„Herr Posjek hat Informationen gestohlen. Sie wissen sicher, dass so etwas strafbar ist. Hat er ihnen einen Datenträger oder ähnliches übergeben?"

„Nein."

„Darf ich hereinkommen?"

„Unterstehen sie sich."

Als Glinda begann die Wohnungstür zu schließen, stellte der Mann plötzlich seinen Fuß in den Spalt zwischen Tür und Rahmen.

„Halt, ich bin noch nicht fertig. - Aaaahhhhh! Scheiße!"

Glinda hatte die Gefahr erkannt und automatisch und ohne Nachdenken die Tür ruckartig geöffnet und mit aller Gewalt wieder zugeschlagen. Das hätte bei dem Fuß in dem dicken Lederschuh sicher nicht viel ausgerichtet. Aber der Mann wollte sich wohl gerade hineinzwängen, oder was auch immer, jedenfalls hatte die Tür ihn am Kopf geschrammt und er taumelte einen Schritt zurück. Dadurch war sein Fuß aus der Tür und Glinda schlug sie mit lautem Knall zu.

„Ich rufe die Polizei", schrie Glinda hysterisch.

Kapitel 10

„Im Namen des Vaters und des Sohnes und des heiligen Geistes."

Hanjo zuckte. Er war mit seinen Gedanken abgedriftet und jetzt wieder schlagartig in der Realität. Automatisch sagte er mit den anderen: „Amen."

Der Priester stand neben dem Sarg, der vor dem Altar aufgebahrt war. Hanjo kam sich in der großen Kirche St. Marien bei dem knappen Dutzend an Trauergästen verloren vor. Kurioserweise saßen alle Trauergäste in den Bänken auf der rechten Seite. In der ersten Reihe eine Frau mit zwei Kindern. Daneben ein älteres Ehepaar. Dass mussten Andrejs Frau und Kinder sowie seine Eltern oder Schwiegereltern sein. In der zweiten Bank saß eine junge Frau mit langen blonden Haaren, Hanjo schätzte sie auf Mitte zwanzig. Sie saß direkt hinter Andrejs Frau und bildete mit ihrer schlanken, geraden Figur einen eigenartigen Kontrast zu Andrejs rundlicher, wohlgeformter Frau.

Die nächsten drei Bänke waren leer. Dann kamen zwei Professoren, die Hanjo aus der Uni kannte. In der Bank dahinter saß Hanjo. Er schaute jetzt vorsichtig über seine Schulter. In der Bank hinter ihm saßen noch zwei tadellos gekleidete ältere Herren, die Hanjo nicht kannte.

„Die könnten von der Universitätsverwaltung sein", dachte Hanjo. „Vielleicht ist einer der Universitätspräsident? Aber nein, der wird wegen eines verstorbenen Dozenten nicht selber kommen. Also wohl eher ein Verwaltungsbeamte."

Dann richtete Hanjo seine Aufmerksamkeit wieder auf die junge Frau in der zweiten Reihe.

„Das muss Andrejs Schwester sein", dachte Andrej. „Aber dann würde sie doch, wie üblich, mit den anderen Angehörigen in der ersten Reihe sitzen. - Vielleicht seine Geliebte?"

Hanjo verwarf diesen ketzerischen Gedanken aber sofort wieder, ohne zu wissen, wie Nahe er der Wahrheit gewesen war.

Hanjo war evangelisch und musste bei dieser katholischen Messe aufpassen, wann man aufstand und wann man sich hinkniete. Abgesehen davon, war es langweilig und traurig. Deshalb war es nicht verwunderlich, dass seine Gedanken abgedriftet waren.

Hanjo hatte den Aushang zur Bestattung zufällig im Informatikum gelesen und spontan beschlossen, zur Beerdigung zu kommen. Inzwischen hatte er das schon bereut, aber nun neigte sich die Trauerfeier ihrem Ende zu.

Alle standen auf, die Sargträger kamen, und der Sag wurde hinausgetragen. Gefolgt wurde der Sarg vom Priester. Danach kamen Andrejs Witwe mit den beiden Kindern, dann die Eltern oder Schwiegereltern und danach die blonde schlanke Frau. Endlich konnte er ihr Gesicht sehen, es war hübsch und sympathisch. Trotzdem war dieses 'Bügelbrett' nicht der Typ von Frau, der Hanjo gefiel. Auch Hanjo reihte sich ein und ging mit der Prozession bis vor die Kirchentür. Der Sarg wurde in den Leichenwagen geladen und fuhr davon.

Die Beisetzung war am etwas entfernt gelegenen Bergedorfer Friedhof. Einige der Trauergäste folgten dem Leichenwagen. Hanjo wollte nicht mit zur Beisetzung, sondern lieber nach Hause fahren. Als er bei seinem kleinen
Mazda ankam, sah er noch einmal die blonde Bohnen-
stange, wie sie in einen roten Toyota Aygo einstieg. Ir-
gendein Geheimnis schien sie zu umgeben. Oder bilde-
tet sich Hanjo das nur ein? Er folgte einem spontanen
Impuls und fuhr dem Toyota bis zum Friedhof hinter-
her.

Kapitel 11

Am Parkplatz zur Kapelle 2 des Bergedorfer Friedhofs stand der Sarg auf einem kleinen Wagen und neben ihm der Beerdigungsunternehmer. Man wartete, bis alle Trauergäste eingetroffen waren. Passend zur Stimmung hatte Nieselregen eingesetzt. Etwas entfernt war die dreieckige Kapelle mit einem überdachten Gang und so etwas, wie einem Wirtschaftsgebäude. Etwas entfernt stand ein winziger Glockenturm. Hanjo empfand diese Kapelle als einen Fremdkörper in dem parkartigen Friedhof.

Die junge blonde Frau stand jetzt direkt neben Andrejs Witwe. Als eines der Kinder eine Frage stellte, begann Andrejs Witwe so intensiv zu weinen, dass Zuckungen ihren Körper durchfuhren. Da nahm die blonde Frau ihre Hand und drückte sie fest. Dann sahen sich beide Frauen in die Augen. Hanjo konnte diesen innigen Blick nicht deuten. Vielleicht sollte er bedeuten: zusammen schaffen wir das. - Aber welche Beziehung gab es zwischen diesen beiden unterschiedlichen Frauen?

Als schließlich auch der Priester angekommen war, begann der zweite Teil der Beisetzung. Hanjo bekam von allem nur wenig mit, zu sehr war er auf die beiden Frauen konzentriert.

„Asche zu Asche, Erde zu Erde, Staub zu Staub", hörte Hanjo den Priester sagen. Wenig später warf auch er drei Schaufeln Erde auf den Sarg. Dann bewegte er sich an den äußersten Rand der Gruppe, stellte sich neben die blonde Frau und beobachtete sie weiter. Dabei fiel ihm auf, dass sie nach rechts starrte. Er folgte ihrem

Blick und sah einige Gräber weiter einen Mann stehen, der offenbar die Trauergesellschaft beobachtete.

„Der Security Mann", entfuhr es Hanjo.

„Ja."

„Du kennst ihn?" Hanjo wunderte sich, dass er die fremde Frau unwillkürlich geduzt hatte. Aber sie schien das entweder zu ignorieren oder gar nicht zu bemerken.

„Er hat mich an der Wohnungstür belästigt."

„Auch ich habe merkwürdige und unangenehme Erinnerungen an ihn. Wir sollte uns einmal treffen und darüber sprechen."

Dem Fremden war inzwischen wohl klar, dass auch er beobachtet wurde, denn er drehte sich um und ging davon.

„Ja. Kennst du das Café Greco, gegenüber St. Petri und Pauli?"

„Ja."

„Morgen 18:00 Uhr?"

„In Ordnung, ich komme."

Kapitel 12

Am nächsten Morgen stand Glinda mit dem Gefühl auf, dass alles nur noch besser werden könnte. Doch als sie im Büro saß und Paula, ihre Gruppenleiterin, zu ihr kam, war sie sich nicht mehr so sicher.

„Hallo Glinda, Kleines."

Und schon wäre Glinda ihr am liebsten an die Gurgel gesprungen. „Guten Morgen, Paula, was gibt es?"

„Glinda, weißt du, heute besucht der Ministerpräsident von Schleswig-Holstein unsere Firma. Und ich habe ganz plötzlich einen ganz wichtigen Termin und muss sofort weg. Sei bitte so gut und halte meinen Vortrag beim Vorstand. Ich schicke ihn dir sofort per Mail. Gleich danach verlässt du dann bitte unter einem Vorwand die Sitzung. Für dich ist das sowieso nichts. Und vermassle das Ganze bitte nicht."

Glinda kochte. Es war schon schlimm genug, dass Paula dumm war und von dem was sie tat nur wenig verstand. Es war aber noch schlimmer, dass Paulas Erfolge auf den Zulieferungen von Glinda beruhten. Aber Paula hatte große Titten und ...

„Hörst du Glinda?"

„Kein Problem Paula. Schließlich habe ich die Präsentation ja auch erstellt."

„Sei doch bitte nicht so undankbar."

Damit drehte sich Paula um und ging hinaus.

„Wenn sich unsere karrieregeile Paula diese Chance vor der Geschäftsführung entgehen lässt, dann muss wirklich etwas Schwerwiegendes passiert sein", dachte Glinda.

**

Wenig später fand sich Glinda im Konferenzraum der Geschäftsführung wieder. Der Vorstandsvorsitzende aus Frankfurt war sogar dort. Glinda erkannte ihn sofort, denn sein Foto, in gebieterischer Pose, war auf den vielen internen Mitteilungen zur Umstrukturierung unübersehbar. Außerdem standen noch mehrere Herren in dunklen Anzügen, weißen Hemden und dezenten Krawatten gelangweilt im Raum herum und warteten auf den Geschäftsführer und den Ministerpräsidenten.

Glinda war die einzige Frau. Glücklicherweise trug sie heute noch einige der schwarzen Klamotten von gestern und war insofern fast passend bekleidet. Nur der sehr kurze Minirock war vielleicht etwas deplatziert. Denn Glinda bemerkte, wie viele auf ihre Beine starrten. „Sollen den alten Säcken doch die Augen herausfallen", waren Glindas gereizte Gedanken.

Doch bevor es dazu kam, traten der Geschäftsführer und der Ministerpräsident ein. Schließlich setzten sich alle und der Geschäftsführer stellte sie der Reihe nach vor. Dabei kam er auch zu Glinda.

„Dies ist Glinda, unsere Gute Fee. Sie wird die Präsentation von Frau Kruzowski vorstellen, die leider verhindert ist."

Glinda war kurz vorm Explodieren. Zum einen hasste sie die Anspielung auf die gute Fee beim Zauberer von OZ und zum anderen stammten die Präsentation und gesamte Ausarbeitung von ihr und nicht von Paula. Um ihre Emotionen unter Kontrolle zu bekommen, blieb nur der alte Trick: sie malte sich aus, wie der Geschäftsführer nackend aussah: er hatte bestimmt einen Hängebauch und seine mickrige Männlichkeit hing schlaff herab. Bei dieser Vorstellung musste Glinda unwillkürlich grinsen.

„Aber gerne doch."

Glinda hatte jetzt Mühe, dieses Bild wieder aus ihrem Kopf los zu werden. Aber das änderte sich bald, da sie als erste ihren kleinen Vortrag halten durfte. Glinda brauchte nur wenige Minuten und an den anerkennend nickenden Gesichtern konnte sie ablesen, dass er allen gefiel.

„Danke Glinda. Trotzdem ist es schade, dass Frau Kruzowski nicht selber kommen konnte. Nochmals vielen Dank. Sie können jetzt gehen."

Glinda ging wortlos hinaus. Dabei stellte sie sich den Geschäftsführer noch mit ein paar weiteren anatomischen Besonderheiten vor.

Kapitel 13

Als der Feierabend langsam nahte, erinnerte sich Glinda wieder daran, dass sie sich mit diesem Typen vom Friedhof verabredet hatte. Doch gerade, als sie gehen wollte, kam Paula ins Büro gestürzt.

„Ich konnte leider nicht früher zurück. Dein Vortrag soll ja einigermaßen gewesen sein. Ich brauche aber dringend und sofort noch die Auswertung der letzten Versuche. Bitte erstelle mir Folien dafür."

„Reicht morgen früh?"

„Glinda, du hörst nicht richtig zu, ich sagte 'dringend und sofort'".

„Ja, sorry."

**

Als Glinda endlich vor dem Café Greco stand war sie eine dreiviertel Stunde zu spät und hatte keine große Hoffnung mehr, dass dieser Typ noch dort sein würde. Dann gab sie sich einen Ruck und trat durch die Tür ins Café. Es war ein Déjà-vu. Der junge Mann war tatsächlich noch da und saß am selben Tisch, wie damals Monika. Automatsch schaute er auf sie, als sie den Raum betrat. Glinda ging auf ihn zu, aber das war wirklich nicht die Art von Mann, der ihr gefallen konnte. Lange, am Ende leicht gewellte und unordentliche Haare umschlossen ein rundliches Gesicht mit einer zugegebenermaßen dezenten Brille.

„Sorry, ich bin zu spät."

„Ist schon OK. Aber ich dachte, du hättest es dir anders überlegt und würdest nicht mehr kommen."

„Nein, meine Chefin hat mich wieder einmal schikaniert."

„Tut mir leid."

„Macht nichts, ich bin das schon gewohnt."

„Setz dich doch. Was möchtest du trinken?"

„Danke, ehrlich gesagt etwas Hochprozentiges."

Hanjo schaute sich die Karte an. Es gab zwar ein paar ganz einfache Longdrinks, aber keine stärkeren Cocktails.

„Wie wäre es mit einem Wodka Orange mit extra viel Wodka? - Übrigens, ich bin Hanjo."

Dieser eigenartige Name passt nicht zu dem Typ. Glinda hätte eher Bello oder Hektor erwartet. Na, egal.

Hanjo bestellte zwei Wodka Orange mit je einem zusätzlichen Wodka. Das war das Beste, was sich mit dieser Karte machen ließ. Dann begann er seine Geschichte mit Andrej zu erzählen. Danach berichtete Glinda, wie der Security Mann versucht hatte, sich Zutritt zu ihrer Wohnung zu verschaffen.

„Das Ganze stinkt doch gewaltig."

„Ja, aber was können wir nur machen? Mit der Polizei habe ich jetzt schon genug unbefriedigende Erfahrungen gemacht."

„Monika sagte, dass Andrej mit Geheimdiensten zusammengearbeitet hat. Vielleicht hängt alles damit zusammen."

„Wer weiß? Aber vielleicht kann uns Monika helfen. Kannst du sie einmal fragen?"

„Ich habe den Zettel mit ihrer Nummer leider weggeworfen. Und ihre Adresse kenne ich nicht."

„Aber du hast vorhin gesagt, dass du sie einmal angerufen hast."

„Ja, aber später habe ich den Zettel weggeworfen."

„Wenn du sie angerufen hast, dann muss ihre Nummer noch in der Anrufliste stehen."

Glinda ging auf ihrem Handy die Liste durch und fand eine Nummer, auf die der Zeitpunkt passte und die sie sonst nicht zuordnen konnte.

„Ich glaube, ich habe die Nummer."

„Dann ruf doch einmal an."

„Jetzt?"

„Warum nicht?"

Nach kurzem Klingeln meldete sich Monika. „Hallo, hier Monika Posjek."

„Hallo Monika, hier ist Glinda."

„Ach Glinda, Liebes. Was kann ich für dich tun?"

„Monika, ich sitze hier im Café Greco mit einem Studenten von Andrej. Wir haben beide schlechte Erfahrungen mit einem Security Mann gemacht. Weißt Du etwas davon?"

„Komisch, auch ich habe schlechte Erfahrungen mit einem Security Mann. Kommt doch zu mir, dann können wir besser reden."

Monika nannte ihre Adresse. Es war nicht weit entfernt.

Kapitel 14

Monikas Wohnung war einfach, aber geschmackvoll, eingerichtet. Im Nebenzimmer hörte man die Kinder. Monika hatte Glinda, Hanjo und schließlich sich ein Glas Rotwein eingegossen.

Zunächst erzählte Hanjo sein Erlebnis auf der Toilette des Informatikums und mit den Security Leuten im Gang. Hanjo beobachte, dass bei der Schilderung Tränen auf Monikas Wangen herunterliefen. Glinda fasste Monikas Hand und plötzlich bemerkte Hanjo wieder das eigenartige Band zwischen den beiden Frauen. Er verstand dieses immer noch nicht. Er konnte es quasi spüren, aber es blieb für ihn unerklärlich.

Danach schilderte Hanjo den Diebstahl seines Laptops und dass er den USB-Stick bei der Polizei abgegeben hatte. Allerdings verschwieg er die Kopie auf seiner SD-Karte.

Danach war Glinda an der Reihe. Monika hörte gespannt zu.

„Auch ich hatte ein unschönes und eigenartiges Erlebnis", beendete Monika die anschließende Pause. „Es war am Tag nach der Beerdigung. Ich musste morgens meine Depressionen loswerden und so joggte ich eine große Runde. Als ich durch das um diese Uhrzeit menschenleere Villenviertel lief, bemerkte ich ein schwarzes Auto, das mir auf gleicher Höhe folgte."

„Wie bei Andrejs Ermordung."

„Ja. Aber dann fuhr es etwas vor und ein Security Mann stieg aus, stellte sich mir in den Weg und sprach mich an. Er erklärte mir, dass Andrej Daten gestohlen hätte und ob ich wisse, wo die seien. Andrej hatte mir aber nie etwas von seiner Arbeit erzählt. Er hatte immer gesagt, dass es für mich und die Kinder sicherer wäre, wenn wir nichts wüssten."

Hanjo bemerke, dass Glinda Monikas Hand streichelte.

„Ich wollte an ihm vorbei, aber er hielt mich fest. Ich sagte ihm unter Tränen, dass Andrej mir nichts gesagt hatte und ich davon nichts wisse. Er ließ mich dann los und drohte, dass er wiederkommen würde. Dann stieg er ein und das Auto fuhr davon. Ich war so verstört, dass ich mir das Nummernschild nicht gemerkt habe."

„Das wäre vermutlich sowieso gefälscht gewesen."

„Vermutlich."

„Also eine Sackgasse. Hat Andrej dir wirklich nie etwas erzählt?"

„Nie. Außer letztens ein wenig."

„Nie, außer... Typisch weibliche Logik", dachte Hanjo. „Ansonsten bedeutet nie eben nie."

„Was war denn das Wenige?"

„Andrej hatte etwas herausgefunden und war darüber sehr aufgeregt gewesen. Deshalb musste er mir das unbedingt erzählen. Es ist auch dermaßen unmoralisch, dass ich ihn voll und ganz verstehe."

Monika trank das Glas Wein mit einem Zug aus.

„Es gibt eine Firma, die wohl als Beerdigungsinstitut getarnt ist und Verstorbene für viel Geld tiefgefriert und in flüssigem Stickstoff aufbewahrt. Ihnen wird versprochen, dass sie, wenn die Technik so weit ist, wieder zum Leben gebracht werden."

„Das ist zwar in Deutschland verboten, aber doch prinzipiell nichts Unmoralisches. Wenn die Leute dumm genug sind das zu glauben."

„Das nicht, aber es gibt die Behälter mit flüssigem Stickstoff gar nicht. Die Verstorbenen werden ganz normal beerdigt und die Firma streicht Hunderttausende ein. Das ist doch pervers."

„Beerdigungsinstitut Cryos", sagte Hanjo. „Es muss sich um das Beerdigungsinstitut Cryos handeln."

„Wie kommst du da drauf?"

„Ganz einfach, indem ich zwei zufällige Beobachtungen miteinander verbinde. Erstens war ich vor einiger Zeit in der Hamburger Innenstadt. Dort ist mir in der Straße 'Neuer Wall' ein Beerdigungsinstitut aufgefallen. Und zwar deshalb, weil ein Beerdigungsinstitut überhaupt nicht in diese Gegend passt. Es gibt dort nämlich nur Edelläden mit einem sehr aufgeräumten Angebot und Preisen die sich ein Normalsterblicher nie leisten kann. Ich dachte mir noch, dass dieses Beerdigungsinstitut für Millionäre gedacht wäre. - Und der Name 'Cryos' ist mir deshalb im Gedächtnis haften geblieben, weil man Kryoskopie und so weiter mit 'K' und nicht mit 'C' schreibt. Hatte der Besitzer keine Ahnung von Griechisch oder war die falsche Schreibweise nur ein Werbegag? - Zweitens: eine der Dateien auf dem USB-Stick hatte den Namen Cryos.zip. Das passt doch zusammen wie die Faust aufs Auge."

„Das kann eigentlich kein Zufall sein."

„Nein, aber was wollen wir jetzt machen? Zu Polizei gehen?"

„Nein, danke. Ich hatte schon meine Ernüchterung bei der Polizei. Wenn ich diese vage Geschichte erzählen, dann passiert höchsten, dass der Beamte mich für verrückt hält. Zunächst brauchen wir Beweise und da habe ich schon so eine Idee ...."

Kapitel 15

Hanjo hatte das Gefühl, dass die Leute in der U-Bahn ihn alle anstarrten. Und er kam sich auch etwas lächerlich vor, in seinem besten Anzug, mit dezenter Krawatte und leicht blass geschminkt. „Jetzt bloß nicht noch rot werden", dachte Hanjo. Vielleicht war das, was er vor hatte, wirklich nur eine Schnapsidee. Aber zurück wollte er jetzt auch nicht mehr.

Er stieg Jungfernstieg aus und ging die paar Meter bis zum Beerdigungsinstitut Cryos. Bevor er hineinging, schaute er sich noch einmal das Schaufenster an. In der linken hinteren Ecke stand ein relativ großes Kreuz mit dem gekreuzigten Jesus. Davor lag schräge eine aufgeschlagene Bibel. Der Boden des Schaufensters war mit schwarzem Kies bedeckt. Eine Lampe in der rechten oberen rechten Ecke beleuchtete Jesus dezent.

„Eine ungewöhnliche Dekoration, selbst für ein Beerdigungsinstitut", dachte Hanjo. Seine Hoffnung, dass er schon einmal in den Laden, oder wie auch immer man das bei einem Beerdigungsinstitut nannte, schauen konnte, erfüllte sich aber nicht. Die Rückseite des Schaufensters bildete dunkelgrüner Samt. Der hing aber nicht wie eine Gardine einfach herunter, sondern war in schrägen Wellenlinien angebracht.

„Dann muss ich wohl unvorbereitet in die Höhle des Löwen. Da kann ich nur hoffen, dass sich der Theaterkurs in der Schule rentiert hat." Damit öffnete Hanjo die Tür und trat ein.

Der Raum war nicht sehr hell beleuchtet und hinten im Raum stand eine große brennende Kerze. Die Möblierung war altmodisch. In der Mitte stand eine Art Schreibtisch mit zwei kleinen Stühlen davor und einem großen Ledersessel dahinter.

Plötzlich stand, wie aus dem Nichts kommend, ein älterer Herr vor Hanjo. Er hatte einen kurzen grauen Bart und eine Nickelbrille. Seine Kleidung schien aus dem achtzehnten Jahrhundert zu stammen, Stehkragen, schwarze Jacke – ähnlich wie ein Frack, aber ohne Schwalbenschwänze.

„Wie kann ich ihnen helfen? Aber setzten sie sich doch erst einmal." Dabei deutete er auf die beiden Stühle vor dem Schreibtisch.

Hanjo setzte sich. Nachdem auch sein Gegenüber im Sessel Platz genommen hatte, begann er.

„Danke. Wissen sie, ich habe nicht mehr lange zu leben. Ich habe unheilbaren Krebs." Dann machte Hanjo bewusst eine Pause.

„Ich verstehe, deshalb wollen sie alles rechtzeitig regeln, damit es in ihrem Sinne erfolgt."

„Ja. Und ich möchte auch nicht für immer tot sein. In einigen Jahren ist die Medizin mit Sicherheit viel weiter. Ich bin doch noch jung, ich möchte noch vieles genießen."

„Da haben sie sicher Recht. Darf ich einmal fragen, auf wessen Empfehlung sie zu uns gekommen sind?"

Auf diese Frage war Hanjo nicht vorbereitet gewesen. Klar, wenn das mit dem Tiefgefrieren illegal ist, dann werden sie das nicht jedem anbieten. Wenn er jetzt eine falsche Antwort gab, dann war sein Versuch gescheitert. Aber er hatte keine Referenz. Was nun?

„Professor Böttger vom Universitätskrankenhaus Eppendorf hat sie empfohlen. Er hat viel Gutes über sie von zwei anderen Patienten gehört und meinte, dass sie mein Problem vielleicht lösen könnten."

Professor Böttger war der Vater von einem Mitschüler gewesen und er arbeitete tatsächlich im Universitätskrankenhaus. Aber was er dort machte, davon hatte Hanjo keine Ahnung. Er konnte genauso gut Onkologe wie Gynäkologe sein. Hanjo konnte nur hoffen, dass seine Täuschung wirkte.

Sein Gegenüber sagte nichts. Er griff seitlich unter die Tischplatte, zog ein Tablet heraus, startete irgendetwas darauf und schob das Tablet zu Hanjo rüber.

„Ich vermute, sie haben sich so etwas vorgestellt. Nach dem Tod wird der Körper sofort auf fast den Gefrierpunkt herunter gekühlt und das Blut gegen eine spezielle Flüssigkeit ausgetauscht. Danach wird der Körper für viele Jahrzehnte in flüssigem Stickstoff gelagert, also bei minus 200 Grad. Aber schauen sie sich unseren Film an, der die Technik genau zeigt."

Im Video wurde eine riesige Lagerhalle mit großen Kühlbehältern gezeigt. Die Technik wurde genau erläutert. Hanjo fand, dass das Video sehr geschickt gemacht war.

„Leider ist so etwas in Deutschland noch nicht zulässig. Aber wir haben Möglichkeiten. Ich möchte sie aber bitten, über das, was ich hier gezeigt habe und was wir noch besprechen werden, absolut vertraulich zu behandeln. Absolut vertraulich."

Hanjo nickte.

„Damit niemand etwas merkt, findet eine ganz normale Beerdigung statt. Allerdings liegt kein Körper im Sarg, denn der befindet sich zu dem Zeitpunkt schon im flüssigen Stickstoff."

Hanjo nickte noch einmal. „Und was koste das Ganze?"

„Für die Bereitstellung der Technik fällt ein einmaliger Betrag von zweihundert Tausend an. Das klingt viel, aber damit werden anteilig die Lagerhalle, die Behälter, die Überwachungstechnik und so weiter finanziert. Außerdem fallen für die Lagerung pro Monat zweitausend Euro an. Sie können hier jeden Zeitraum buchen. Aber bitte haben sie Verständnis dafür, dass wir nicht länger aufbewahren können als sie buchen. Denn wir können ja später keine Rechnung mehr stellen. - Schließlich nehmen wir für die Reanimation und die gegebenenfalls erforderliche ärztliche Behandlung einen festen Betrag von fünfzigtausend Euro. - Wenn sie zum Beispiel für 50 Jahre gelagert werden wollen, dann kostet das zusammen nicht einmal 1,5 Millionen."

„Das ist ein flotter Betrag."

„Trotzdem werden wir dadurch nicht reich. Außerdem tragen wir das Risiko bezüglich zukünftiger Teuerungen.

Und bedenken sie, was sie dafür bekommen: Ein neues Leben."

„Ich muss zugeben, dass ich ihr Angebot, trotz des hohen Preises, interessant finde. Und wenn ich tot bin, dann nützt mir das Geld sowieso nichts mehr. - Ich möchte aber noch eine Nacht darüber schlafen. Ich melde mich wieder bei Ihnen und teile ihnen meine Entscheidung mit."

„Das ist überhaupt kein Problem." Damit drückte der Beerdigungsunternehmer Hanjo eine Visitenkarte in die Hand. Hanjo schaute darauf: 'Wladimir Kruzowski – Luxus Beerdigungen'. Hatte Hanjo diesen Namen Kruzowski nicht schon irgendwo einmal gehört?

Kapitel 16

Wegen der Kinder trafen sie sich in Monikas Wohnung. Sie hatte beim letzten Treffen die Telefonnummern ausgetauscht, so dass sie sich recht einfach verabreden konnten. Glinda hatte eine Flasche Rotwein mitgebracht. Schließlich schilderte Hanjo ausführlich seinen erfolgreichen Besuch im Beerdigungsinstitut Cryos.

„Das ganze ist schon fast genial", schloss Hanjo. „Da es illegal ist, wird es keine schriftlichen Unterlagen über die Vereinbarungen geben. Ich gehe davon aus, dass die Zahlungen so erfolgen, dass sie nicht verfolgt werden können. Und die Auftraggeber sind dann sowieso tot und können nicht mehr aussagen."

„Ja, und es findet außerdem eine ganz normale Beerdigung statt. Deshalb hatte sich Andrej so darüber aufgeregt."

„Pro Beerdigung mal eben ein bis zwei Millionen verdient. Das ist beachtlich."

Es entstand eine Pause. Doch dann fuhr Hanjo fort: „Damit ist Andrejs erster Punkt bewiesen. Das illegale Tiefgefrieren von Verstorbenen wird angeboten. Nicht bewiesen ist bisher, dass zwar dafür abkassiert wird, dass es aber gar nicht stattfindet."

„Das ist aber doch auch nicht unsere Aufgabe, dafür ist die Polizei zuständig."

„Genau. Dann darf ich wieder einmal zur Polizei."

„Vielleicht habe ich eine bessere Möglichkeit", unterbrach Monika. „Andrej kannte einen Kriminalbeamten gut, Kommissar Heise. Ich schaue mal rasch in unsere Telefonnummernliste, dort müsste er eigentlich drin stehen."

Monika ging in den Nebenraum und kam nur wenig später mit einem kleinen Zettel in der Hand zurück.

„Hier ist seine Handynummer. Sag, dass du die Telefonnummer von mir hast." Damit drückte sie Hanjo den Zettel in die Hand.

„Ich werde morgen Vormittag anrufen."

Glinda erhob gutgelaunt ihr Glas. „Dann haben wir ja alles gelöst. Auf die drei Detektive."

„Nicht so voreilig", stoppte Hanjo sie. „Aus meiner Sicht haben wir nur wenige Puzzleteile zusammengesteckt. Für mich bleiben noch gravierende offene Fragen. Zum einen: Andrej war Experte auf dem Gebiet der Verschlüsselung und Entschlüsselung. Wie ist er mit diesem Beerdigungsinstitut in Berührung gekommen und wie hat er den Betrug herausgefunden?"

„Du hast Recht", warf Monika ein. „Mit so einem, ich übertreibe einmal, unwichtigen Kleinkram hat er sich bestimmt nicht abgegeben. Ich hatte immer das Gefühl, dass er in der obersten Liga mitspielte. Das müssen alles ganz große Dinge gewesen sein."

„Und zweitens", fuhr Hanjo fort, „warum hat Andrej mit Glinda angebändelt? Er hat es mit Sicherheit gemacht, weil er Informationen aus Glindas Umfeld haben wollte. Glinda, gibt es irgendeinen Beziehung zwischen dir und dem Beerdigungsinstitut Cryos?"

Diese sachliche Beschreibung von Andrejs Motiven trieb Glinda Tränen in die Augen und Hanjo bemerkte, wie dieses Mal Monika nach Glindas Hand griff.

„Mit Sicherheit nein."

„Das habe ich erwartet. Die Sache mit dem Beerdigungsinstitut kann nur ein Nebenprodukt gewesen sein. Andrej muss etwas ganz anderem, etwas ganz Großem, auf der Spur gewesen sein."

Die drei sahen sich an, aber niemand hatte eine Idee.

**

Als Glinda und Hanjo wenig später gingen, konnte Hanjo sich nicht mehr zurückhalten. „Glinda, ich habe eine sehr persönliche und vielleicht auch ziemlich blöde Frage."

Glinda blieb abrupt stehen und starrte ihn an. „Ja."

„Was für eine eigenartige, intensive Beziehung gibt es eigentlich zwischen Monika und dir? Mir ist das die ganze Zeit aufgefallen."

Glinda lächelte. „Das ist doch ganz einfach: wir haben beide den selben Mann geliebt."

Hanjo verstand immer weniger. Wenn so etwas ganz einfach ist ….

Kapitel 17

Am nächsten Tag rief Hanjo Kommissar Heise an und schilderte in wenigen Worten das Vorgefallene. Der Kommissar schien sehr interessiert. Das war doch eine andere Klasse als auf dem Polizeirevier. Hanjo sollte am Nachmittag zu Herrn Heise ins Büro, ins Polizeihochhaus in Alsterdorf, kommen und eine offizielle Aussage machen.

Hanjo wunderte sich, wie einfach doch ein Millionenbetrug zu sein schien. Er konnte nicht glauben, dass noch nie ein Kunde die Halle mit den Gefrierbehältern besichtigen wollte. Wie war der Beerdigungsunternehmer dann vorgegangen, ohne dass ein Verdacht aufkam? - Oder es gab die Halle mit den eingelagerten Verstorbenen doch. Dann hatte sich Hanjo ordentlich blamiert. Aber immerhin war das in Deutschland nicht zulässig. Aber was, wenn die Toten in die USA transportiert wurden, dort war es legal? Jetzt war es zu spät, es gab kein Zurück mehr.

**

Am frühen Nachmittag fuhr Hanjo mit den öffentlichen Verkehrsmitteln nach Hamburg. Von der U-Bahn Station Alsterdorf aus ging er die wenigen hundert Meter zu Fuß. Rechts führte eine kleine Seitenstraße zum Gebäude, das aus einem ringförmigen Kern und zehn seitlichen Flügeln bestand, einem Polizeistern ähnlich.

Er ging vorbei an einem kleinen Dienstparkplatz auf dem ein Leichenwagen parkte. Dann ging er nach rechts, die vielen Treppenstufen empor. Als er oben auf einer Art Brücke angekommen war, sah er einige Meter vor sich die großen gläsernen Eingangstüren und darüber in großen Leuchtbuchstaben 'Polizeipräsidium'.

Hanjo ging durch eine der Automatiktüren und kam in eine Halle. Am hinteren Ende befanden sich mehrere gläserne Personenschleusen. Links stand ein Informationstresen, der aber nicht besetzt war. Dann sah er sofort, wo er hin musste. Links hinten standen ein knappes Dutzend Personen in einer Schlange. Hanjo stellte sich an und beobachtete das Prozedere. Vor dem ersten in der Schlange befand sich ein türrahmenartiger Metalldetektor, so wie sie auch auf Flughäfen zu finden waren. Dahinter befand sich eine wohl vier mal zwei Meter große Personenschleuse mit 3 automatischen Schiebetüren, eine vorne, eine hinten und eine an der rechten Seite. Die linke Seite dieser Schleuse bildete eine Wand mit einem Fenster zu einem Nebenraum in der Mitte. Dieses hatte eine dicke, vermutlich schusssichere Scheibe. Wenn die Personenschleuse leer war, wurde die vordere Schiebetür geöffnet und die nächste Person in der Schlange konnte durch den Metalldetektor eintreten. Dann wurde diese Person 'bearbeitet' und verließ später die Schleuse durch die hintere Tür.

Das 'Bearbeiteten' der Personen dauerte mehr oder weniger lange. So hatte Hanjo viel Zeit die Personen vor sich zu betrachten. Einige sahen ganz normal aus und andere sahen so aus, wie man sich Gangster oder Zuhälter vorstellt. Aber solche Leute sehen doch nicht wie das Klischee aus, oder?

Es dauerte fast eine Stunde, bis Hanjo endlich dran war. Er trat in die Schleuse ein und wurde über eine Sprechanlage aufgefordert seinen Personalausweis in eine Schublade zu legen, die dann in den Nachbarraum gezogen wurde. Dort wurden sein Ausweis weitergereicht und offenbar seine Personalien an einem PC kontrolliert. Über die Sprechanlage wurde er dann über sein Anliegen gefragt. Hanjo sagte, dass er zu Kommissar Heise wollte. Kommissar Heise wurde offenbar daraufhin angerufen. Endlich erhielt Hanjo über die Schublade einen Besucherausweis und den Hinweis, hinter der Schleuse auf Kommissar Heise zu warten. Danach öffnete sich die hintere Tür.

Nach einigen Minuten kam ein Herr mittleren Alters auf Hanjo zu und sprach ihn an.

„Sie sind bestimmt Herr Loss."

Hanjo nickte. Der Kommissar war groß und schlank, hatte graue Haare und war mit Jeans und offenem Hemd recht leger gekleidet. Hanjo war sich relativ sicher, dass er diesen Mann auf der Beerdigung gesehen hatte, aber er mochte nicht fragen.

„Sie sind aber deutlich zu spät", sagte Kommissar Heise mit einem nicht zu versteckenden Grinsen. „Aber das bin ich gewohnt. Wenn sie das nächste Mal kommen, dann rufen sie mich bitte mit ihrem Handy aus der Eingangshalle an. Ich kann die Prozedur etwas abkürzen."

Hanjo empfand diesen guten Rat als überflüssig, denn es würde kein nächstes Mal geben. Aber der Mensch kann sich bekanntlich irren.

Kommissar Heise führte Hanjo durch das Gebäude bis zu seinem Büro. Heise schloss auf und bat Hanjo hinein.

„Wir müssen hier sehr vorsichtig sein, denn in diesem Gebäude befinden sich unter den Besuchern auch dunkle Gestalten. Und wenn so jemand schon andere bestiehlt, dann macht er das am liebsten bei einem Polizisten."

Kapitel 18

Nachdem Hanjo, mit einem unguten Gefühl bezüglich der Wahrscheinlichkeit seines Verdachtes, seine Aussage zu Protokoll gegeben hatte und wieder in der 'Freiheit' war, rief er Glinda auf ihrem Handy an.

„Hi, Glinda, hier ist Hanjo."

„Hallo Hanjo. Hast du mit Kommissar Heise gesprochen?"

„Ja. - Wollen wir uns vielleicht übermorgen Abend zu einem Cocktail treffen? Dann kann ich ausführlich berichten."

„Können wir machen."

Das 'können wir machen' klang für Hanjo nicht gerade begeistert. Er war aber trotzdem erstaunt, dass Glinda nicht abgelehnt hatte. Und noch mehr war er über sich selbst erstaunt, nämlich, dass er dieses Bügelbrett mit zwei Reißzwecken gefragt hatte. Er musste es offenbar sehr nötig haben. - Dann verabredeten sie sich für übermorgen 18:00 Uhr im Restaurant Lavastein.

**

Hanjo kannte das Lavastein, weil er schon wenige Male mit Bekannten dort gewesen war. Die Pizzen waren ausgezeichnet und es gab auch eine kleine Auswahl an vegetarischen Speisen, aber ansonsten bevorzugte er lieber eine Pizzeria, am liebsten eine, wo es auch Tiramisu als Nachtisch gab.

Das Lavastein war direkt am winzigen Bergedorfer Hafen gelegen und immer gut besucht. Es war mit schlichten Holztischen und einfachen Stühlen mit kunstlederbezogenen Sitzflächen rustikal eingerichtet. Leider hatte man versucht, mit maritimen Dekoartikeln eine entsprechende Atmosphäre zu schaffen; aber zum einen wirkte dieses künstlich und zum anderen war das auch nicht durchgängig erfolgt. Genauso wirkten für Hanjo auch die Teile eines Bootsrumpfes, mit stilistisch nicht passenden Tischen und Sitzbänken darin, irgendwie 'falsch'. Besonders störend hatte er stets die starke Geräuschkulisse empfunden, woran sicher der große, weitgehend ungegliederte Raum mit der hohen Betondecke schuld war.

Aber seinen Bekannten hatte das Lavastein immer gut gefallen. Sie mochten die reichhaltige Auswahl an Bieren und Cocktails und saßen auch gerne am langen Bartresen. - Und das Essen wurde schnell serviert und schmeckte ausgezeichnet.

Glinda würde es dort bestimmt gefallen.

Kapitel 19

„Das ist es", brüllte Hanjo und schlug vor Begeisterung mit der Faust auf den Tisch. Dann errötete er, als er bemerkte, dass sämtliche Gäste im Lavastein ihn anstarrten. Außerdem kam die Bedienung auf ihn zu."

„Kann ich etwas für sie tun?"

„Nein, danke, es ist alles in Ordnung. Entschuldigen sie bitte."

Glinda hatte zuvor von ihrem ungewöhnlichen Arbeitstag erzählt und dadurch konnte Hanjo einige weitere Teile ins Puzzle einfügen. Hanjo ließ sich alles noch einmal durch den Kopf gehen.

**

Glinda hatte damit begonnen, dass der Geschäftsführer zu ihr ins Büro gekommen war. Sie hatte dabei gegrinst und Hanjo hatte nachgefragt.

„Wieso grinst du bei der Erwähnung des Geschäftsführers?"

„Ach, das kannst du nicht verstehen. Mir sind gerade ein paar Gedanken vom letzten Meeting wieder in den Kopf gekommen."

Das konnte Hanjo wirklich nicht verstehen, aber er schwieg.

„Guten Morgen, Glinda", hatte der Geschäftsführer begonnen, „es gibt schlechte Nachrichten. Frau Kruzowski ist heute verhaftet worden. Wir müssen deshalb improvisieren. Ich werde Frau Kruzowski vertreten und sie müssen mir alles zuliefern bis ich mich eingearbeitet habe. Aber alle Entscheidungen fälle ausschließlich ich."

Hanjo hatte unterbrochen: „Wie hieß die Frau?"

„Paula Kruzowski, meine Gruppenleiterin."

„Kruzowski, genau, das war doch der Name vom Beerdigungsunternehmer gewesen."

Und dann war Hanjo plötzlich alles klar geworden und es folgte die peinliche Reaktion.

**

Auch Glinda starrte ihn jetzt an, als wenn sie auf eine Erklärung wartete. Aber Hanjo trank erst einmal einen Schluck.

„Wie alt ist Frau Kruzowski?"

„Paula? Sie spricht nicht über ihr Alter, aber ich schätze sie zwei Jahre älter als mich."

„Dann ist sie die Tochter des Beerdigungsunternehmers. Und ich wette ihr habt irgendwo eine große Halle mit weißen, tonnenförmigen Behältern, so zwei bis drei Meter hoch, die mit flüssigem Stickstoff gekühlt werden."

„Ja, unsere Gefriertrocknung auf dem Gelände in Stellingen."

„Und Paula hat freien Zutritt dazu?"

„Natürlich, das gehört zu ihrem Aufgabenbereich."

„Damit haben wir auch beweisen, dass der zweite Teil von Andrejs Behauptung zutrifft. Das Video für das Beerdigungsinstitut ist dort gedreht worden. Und sollte ein Kunde wirklich einmal misstrauisch geworden sein, dann hat Paula ihm diese Halle gezeigt. Einfach genial."

„Ja, das erklärt alles. Somit ist der Fall abgeschlossen. Und Andrej hat mit mir Kontakt aufgenommen, weil Paula meine Vorgesetzte ist."

Hanjo fand die Formulierung 'Kontakt aufgenommen' viel zu milde. 'Missbraucht' wäre passender gewesen. Aber er schwieg.

„Komm lass uns feiern." Beide stießen an.

Glinda war zufrieden. „Ich hätte nicht gedacht, dass sich alles so schnell klärt."

„Ich glaube, dass nur wieder ein paar neue Puzzleteilchen hinzugekommen sind. Ich bin mir ziemlich sicher, dass das Bild bei Weitem noch nicht fertig ist. Das Ganze ist, und bleibt, eine viel zu kleine Nummer für Andrej. Das hat auch Monika gesagt."

„Angedeutet", widersprach Glinda.

„Egal. Offen bleibt zum Beispiel die Frage, wer Andrej ermordet hat. Und hat Andrej dich über Paula ausgefragt? Ich vermute nicht."

„Gefragt hat er nicht direkt. Aber ich habe ihm natürlich davon erzählt, wie Paula mich schikaniert hat."

„Hätte daraus irgendeine Verbindung zum Beerdigungsinstitut abgeleitet werden können?"

„Nein. Jedenfalls kann ich mich nicht an irgendwelche brauchbaren Informationen erinnern."

„Was hat Andrej dich denn so gefragt?"

„Ach komm, lass uns dieses Thema für heute vergessen. Lass uns lieber feiern, dass Paula weg ist. Prost."

Und damit war dieses Thema vorläufig beendet. Insbesondere für Hanjo, weil die Bedienung seine Pizza brachte.

Kapitel 20

Am nächsten Tag rief Kommissar Heise bei Hanjo an und bat ihn am Nachmittag in sein Büro. Zunächst stellte er Hanjo einige Fragen. Hanjo konnte in den Fragen kein System erkennen und hatte das Gefühl, dass er sie nur stellte, weil es eben dazu gehörte. Dann schilderte der Kommissar, dass Herr Kruzowski und seine Tochter verhaftet worden waren. Hanjo tat interessiert, obwohl dies für ihn nichts Neues war.

„Herr Kruzowski war spielsüchtig", fuhr Kommissar Heise fort. „Er hat die Millionen in Spielkasinos ausgegeben. Beide waren sofort geständig. Die Firma, in der Frau Kruzowski arbeitet, hat einen Rechtsanwalt geschickt und dann konnte das Geständnis problemlos aufgenommen werden."

„Ist es üblich, dass ein Arbeitgeber einen Rechtsanwalt stellt?"

„Nur wenn seine Firma davon unmittelbar betroffen ist. Das ist hier aber überhaupt nicht der Fall und das hat mich auch misstrauisch gestimmt. Aber bis auf, dass Frau Kruzowski in der Halle in Stellingen Videoaufnahmen gemacht hat, gibt es keine Verbindung. Und die Videoaufnahmen sind absolut unbedeutend."

„Eigenartig."

„Ja, aber ich sehe keine anderen Anhaltspunkte."

„Und wer hat Andrej ermordet?"

„Auch hierzu gibt es keinerlei Anhaltspunkte. Von einem Mord wollten die Kruzowskis nichts wissen. Auch wenn es um große Summen ging, sie sind kleine Betrüger und ein solcher Mord passt nicht zu ihnen."

„Das ist doch alles sehr eigenartig."

Kapitel 21

Abends trafen sie sich wieder einmal bei Monika. Dieses Mal hatte Hanjo zwei Flaschen Wein mitgebracht. Auslese, darauf stand er. Dann berichtete er von seinem Gespräch mit Kommissar Heise. Die beiden Frauen schienen von dem süßen Wein nicht sehr begeistert zu sein.

„Dann ist jetzt aber wirklich alles geklärt", meinte Glinda.

„Nein, es ist nur eine Winzigkeit geklärt", antwortete Hanjo scharf.

Vielleicht hatte Hanjo etwas zu heftig reagiert. Aber er konnte nicht verstehen, wie man nicht auf Auslese oder noch bessere Weine stehen konnte. Vermutlich mochten sie auch keine Pizza, was Hanjos Leibgericht war.

„Was ist nur in dich gefahren", dachte Glinda, „hast wohl lange keinen Sex mehr gehabt. Oder schlimmer, keine Pizza mehr gehabt."

Wenn Hanjo geahnt hätte, wie gut Glinda ihn inzwischen kannte.

„Man muss sich das Ganze wie ein Puzzle vorstellen", fuhr Hanjo jetzt mit sanftem Ton fort. „Eine Ecke ist fertig und alle Teile passen zusammen. Aber das heißt noch lange nicht, dass das Puzzle vollständig oder nur annäherungsweise vollständig ist. Ich gehe davon aus, dass das Puzzle sehr viel größer ist und wir zum Beispiel nur einen Bereich an der linken Seite haben. - Völlig ungeklärt ist, wer Andrej ermordet hat und warum,

Auch Kommissar Heise sagte, dass er Cryos das nicht zutraut."

„Und wie kommen wir weiter? Oder ist das schon das Ende der Erkenntnisse?"

„Keine Ahnung. Aber ich werde nicht so schnell aufgeben."

**

Hanjo betrachtete Glinda und Monika. Viel unterschiedlicher konnten Frauen kaum sein. Während Monika eine großzügige Oberweite hatte, die durch einen guten BH sicher gestützt werden musste, war dort bei Glinda ein Ebene. Ähnliches galt für Taille und Hüfte. Glinda war einfach ein Bügelbrett. Auf der anderen Seite hatte Glinda zwar vielleicht etwas zu dünne Beine, aber dafür waren diese lang und sexy. Bei Monika ging es von den Unterschenkeln kegelförmig zu den breiten Oberschenkeln. Außerdem war Glindas Gesicht grazil, ja hübsch, und wenn sie lächelte, sah man ihre makellosen weißen Zähne. Monika war dagegen der Typ 'leichtes Doppelkinn'. - Für Monika sprach auf jeden Fall noch ihre liebenswürdige Art und die wohlklingende Stimme. Glindas Stimme hingegen war ganz leicht blechern.

Wenn Hanjo Punkte dafür vergeben könnte, welche der beiden Frauen auf ihn erotischer wirkte, dann war es trotz allem Monika. Aber er verdrängte sofort den Gedanken. So etwas war unmoralisch.

Kapitel 22

„Ich werde nicht aufgeben", sagte Hanjo zu sich selbst. Aber was brachte das Ganze, wenn er der Lösung nicht näher kam. Selbst die Polizei kam nicht weiter. Aber Hanjo hatte noch einen möglichen Trumpf: die beiden Dateien von Andrejs USB-Stick.

Zunächst kopierte der die beiden Dateien von seiner SD-Karte auf den neuen Laptop, den er sich nach dem Diebstahl zwangsweise neu gekauft hatte. Die Datei Cryos.zip war für ihn zunächst uninteressant. Dann öffnete er BR.zip. Es gab ein rundes Dutzend von Dateien mit unterschiedlichen Extensionen. Der Name bestand stets aus einem 'B' gefolgt von einer Zahl. Jedes Mal, wenn er versuchte eine dieser Dateien zu öffnen, dann erschien allerdings ein kleines Fenster, das zur Eingabe eines Passwortes aufforderte. Zunächst versuchte es Hanjo mit 'Passwort' und 'Password', dann mit 'Passwort123' und schließlich mit 'Monika'. Aber alle waren falsch. „Wie hießen denn die Kinder von Monika? Ach ja, Alexander und Magdalena". Aber auch diese beiden Namen führten nicht weiter.

„So dumm kann Andrej auch nicht gewesen sein", schalt Hanjo sich selbst. „Als Spezialist für Verschlüsselung wird er bestimmt nicht so ein einfaches Passwort verwendet haben. Also muss ich versuchen, es zu knacken."

Zunächst suchte er mit Google nach 'zip specification'. Schnell fand der die genaue Beschreibung des zip-Formates. Darin enthalten war auch eine detaillierte Beschreibung der Verschlüsselungsalgorithmen. In den neueren Versionen hatte man die Verschlüsselung immer sicherer gemacht. Für Hanjo hieß das: keine Chance, die Verschlüsselung zu knacken.

Also ein anderer Ansatz. Vielleicht ging es über Brute-Force, also dem Durchprobieren von allen Kombinationen. Hanjo zählte die Zeichentasten seiner Tastatur. Es waren 48. Jede dieser Taste hatte zwei Belegungen und 10 Tasten sogar eine Dreifachbelegung. Das waren zusammen 106 verschiedene Zeichen. Wenn ein Passwort genau ein Zeichen lang war, dann gab es 106 Möglichkeiten, bei zwei Zeichen 106 x 106 Kombinationen und so weiter. Ging man davon aus, dass Andrej ein Passwort mit mindestens 8 Zeichen verwendet hatte, dann waren das … Hanjo rief den Taschenrechner auf: rund 1,6E16 Kombinationen. Hanjo überlegte Million, Billion.,, Ja, 16 Billiarden Möglichkeiten. Konnte er mit einem Computerprogramm vielleicht 1 Millionen pro Sekunde ausprobieren, dann waren das... Der Taschenrechner sagte 505 Jahre!

„Das war ein Schuss in den Ofen", sagte Hanjo zu sich selbst. Es war nicht davon auszugehen, dass Andrej als Spezialist für Verschlüsselungen, ein deutlich kürzeres Passwort verwenden würde. Und selbst wenn er sich einen PC mit mehreren Grafikkarten anschaffte und die Grafikprozessoren darauf für die Berechnung verwendete, dürfte das Ganze Monate dauern.

So kam Hanjo also nicht weiter. Aber es gab immerhin noch einen Anhaltspunkt: warum hatte Andrej die Verbindung mit Glinda herbeigeführt. Dafür musste es einen triftigen Grund geben.

„Glinda ist der Schlüssel". Dieser Eingebung folgend, probierte Hanjo noch einmal 'Glinda' als Passwort für das zip-Archiv aus, aber auch das war erfolglos.

Kapitel 23

Hanjo hatte sich mit Glinda wieder im Lavastein verabredet. Glinda hatte zuvor mit sich selber gewettet, dass Hanjo Pizza und süßen Wein bestellen würde. Deshalb musste sie jetzt über den Gewinn ihrer Wette lächeln.

„Isst du eigentlich auch etwas anderes als Pizza?"

„Schon. Aber ich liebe Pizza. Und ein Informatiker ist eine Person, die Pizza in Computerprogramme umwandeln kann."

„Schön, wenn man über sich selber lachen kann."

„Ach, komm. Lass uns jetzt über Ernsteres sprechen."

Dann erzählte Hanjo über seine erfolglosen Versuche mit den Passworten. „So kommen wir nicht weiter. Aber es gibt noch einen Ansatzpunkt und dabei bist du der Schlüssel."

„Ich?"

„Ja. Andrej hat nicht umsonst einen Kontakt zu dir aufgebaut. Er wollte, dass du ihm Informationen über die Firma lieferst, in der du arbeitest."

„Wie kommst du darauf, dass ihn meine Firma interessiert hat?"

„Ich bin mir noch nicht ganz sicher. Wie heißt die Firma?"

„Biochemical Research."

„Abgekürzt 'BR'. Das passt. Die eine Datei auf Andrejs USB-Stick hatte den Namen Cryos.zip und die andere BR.zip. Jede Wette, dass darin Dokumente von Biochemical Research enthalten sind."

„Na gut. Und was hat das mit mir zu tun?"

„Andrej brauchte offenbar dringend bestimmte Informationen über Biochemical Research. Wahrscheinlich hat er die auch von dir bekommen, ohne dass es dir aufgefallen ist. Was hat Andrej denn besonders interessiert?"

„Ich habe ihn natürlich besonders interessiert. Er wollte viel aus meinem Leben erfahren, meine Kindheit, meine Schulzeit und so weiter. Er war ein guter Zuhörer. Und ich konnte meinen Frust über die Firma, und insbesondere über Paula, bei ihm loswerden."

„Hat ihn bezüglich der Firma etwas besonders interessiert? Hat er gezielt nach etwas gefragt?"

Glinda trank einen Schluck Caipirinha. „Eigentlich habe ich meist von mir aus erzählt. Aber wo ich so darüber nachdenke, er hat öfter nach unserem SharePoint gefragt. SharePoint ist unsere zentrale Dokumentenablage und hat die Gruppenlaufwerke abgelöst. Auf den SharePoint Servern liegen sämtliche Dokumente unserer Firma und es gibt ein hierarchisches System von Zugriffsrechten."

Natürlich wusste Hanjo, war SharePoint war. „Wonach hat er genau gefragt?"

„Ach, das waren meist allgemeine Fragen. Zum Beispiel ob es ein einzelner SharePoint Server wäre oder eine Farm. Ich kann mich deshalb genau daran erinnern,

weil ich unter einer Farm bisher stets einen landwirt-
schaftlichen Betrieb verstanden habe. Und nun erklärte
mir Andrej, dass 'Farm' hier eine Landschaft aus mehreren Servern mit unterschiedlichen Aufgaben bedeutet.
Danach hat er mir noch viel über SharePoint erklärt."

„Glinda, erinnere dich bitte genau. Hat er konkret nach
irgendeinem Account gefragt?"

„Nein. Da bin ich mir ganz sicher. Was ihn allerdings
interessiert hat war, wer in unserer Firma welche Zu-
griffsrechte hat. Dabei wollte er allerdings keine Namen
wissen, sondern die Hierarchie und die Abhängigkeit
und Struktur der Abteilungen, sozusagen die Personal-
struktur."

Diese Antwort hatte Hanjo nicht erwartet. Er hatte gedacht, dass Andrej eine Möglichkeit für einen Zugang
gesucht hatte. Warum sonst hätte er die Verbindung mit
Glinda aufbauen sollen? Jetzt musste er erste einmal
gründlich über alles nachdenken. Aber nicht mehr heute.

Je mehr Wein Hanjo trank, umso mehr bemerkte er den
Charme von Glinda. Okay, ihre Figur war nicht das,
was er sich bei einer Frau so vorstellte. Aber sie hatte ein
hübsches Gesicht und wenn sie lächelte, dann schien die
Sonne aufzugehen.

Kapitel 24

Am nächsten Morgen wachte Hanjo mit Kopfschmerzen auf. Er hatte die letzte Nacht schlecht geschlafen. Dafür hatte er aber das grobe Skelett für einen Plan entwickelt. Es gab allerdings zwei Risiken. Das erste war, dass Glinda mitmachen musste. Und dem stand insbesondere das zweite Risiko im Wege. Denn sollte etwas schief gehen, dann würden beide im Knast landen. Das wäre schon ein gravierender Einschnitt für das weitere Leben. Und warum sollte Glinda ein solches Risiko eingehen? Andrej konnte sowieso nicht mehr lebendig gemacht werden. Außerdem war Glinda ja der Meinung, dass alles Wesentliche aufgeklärt war. Also warum?

Hanjo fiel kein vernünftiger Grund ein, warum Glinda mitmachen sollte. Und selbst er musste schon verrückt sein, um ein solches Risiko einzugehen. Was hatte er mit Andrej, Glinda oder Monika zu tun? Er war doch ungewollt und zufällig in diese Sache hineingezogen worden. Dieses war der richtige Zeitpunkt zum Ausstieg.

Hanjo nahm sein Handy und tippte eine Nachricht für Glinda ein. „Ich gebe auf. Ich sehe keinen vernünftigen Weg, Weiteres aufzuklären. Lasse das Puzzle unvollendet." Dann schickte Hanjo die SMS ab.

Das war es.

Kapitel 25

Hanjo war in die Uni gefahren. Ein anderer Dozent hatte inzwischen Andrejs Seminar übernommen. Plötzlich vibrierte sein Handy. Hanjo nahm es aus der Tasche, hielt es etwas unter den Tisch und schaute sich die eingegangene SMS an. Sie kam von Glinda. „Ich hätte mehr von dir erwartet. Schade, dass ich mich getauscht habe."

„Hä? Das soll wohl 'getäuscht' heißen." Hanjo antwortete sofort. „Es liegt nicht an mir. Du müsstest mitmachen und das Risiko ist zu groß."

„Ich kann für mich selber entscheiden, ob es für mich zu groß ist. Worum geht es?"

„Können wir uns morgen treffen?"

„Nein, aber Freitag. Ist 19:00 Schweinske, Bergedorfer Straße, OK?"

„Warum dort?"

„Damit du auch mal was anderes als Pizza isst"

„OK"

Glinda hatte schon ein gewisses Etwas. Aber ob sie auch wirklich mitmachen würde?

Kapitel 26

Hanjo und Glinda trafen sich dieses Mal bei Schweinske. Hanjo kannte dieses Restaurant bisher nur von außen; das Schwein, dass als Werbegag durch die Hausmauer stürmt und die Terrasse am Wasser, auf der man im Sommer sicher schön sitzen und Wein genießen konnte. Irgendwie hatte er das Vorurteil, dass Schweinske das McDonald's der Schnitzel wäre.

Deshalb war Hanjo angenehm überrascht, als er das Restaurant betrat. Irgendwie erinnerte ihn die Einrichtung an einen englischen Pub: langer Bartresen, Möbelierung aus dunklem Holz und die Stühle mit dunkelgrünen kunstledernen Sitzflächen. Auch waren der Raum etwas verwinkelt und einzelne Bereiche mit Balustraden abgetrennt. Die Beleuchtung mit den kleinen, dicht über den Tischen hängenden Lampen, ließen den Raum relativ dunkel und beleuchteten hauptsächlich, was auf dem Tisch stand. Im Gegensatz zum Lavastein war es angenehm ruhig und die leise Hintergrundmusik wirkte alles andere als störend. Warum waren sie nicht schon viel früher hier gewesen?

Die Ernüchterung kam dann aber mit der Speisekarte: es waren zwar mehrere Gerichte als vegetarisch gekennzeichnet, aber nichts, was ihm gefiel. Außerdem waren die Weine fast ausschließlich trocken. Das Meiste waren tatsächlich Schnitzen und Co. und die Speisekarte sowie viele Namen von Gerichten waren auf Schwein getrimmt. Warum musste ein Paprikaschnitzel 'Paprika-Schwein' heißen?

„Dann bestell dir doch einen Salatteller", schlug Glinda vor.

„Das ist doch wohl nicht dein Ernst?"

Schließlich bestellte Hanjo überbackenen Ziegenkäse und Pommes dazu.

Danach begann er mit dem Plan: „Die Daten, auf die es Andrej abgesehen hatte, müssen auf dem SharePoint Server liegen. Andernfalls hätte er dich nicht zu Details bezüglich SharePoint gefragt. Außerdem macht es auch Sinn, denn eine Firma sollte alle relevanten Daten an einem zentralen Ort ablegen. Stimmst du mir hier zu?"

Glinda nickte. „Soweit kann ich dir folgen. Allerdings habe ich nur auf einen untergeordneten SharePoint Ordner Zugriff und die interessanten Daten liegen in ganz anderen Bereichen. Da komme ich nicht ran."

„Und wer kommt da ran?"

„Wir haben eine Hierarchie der Berechtigungen. Ganz oben ist bei uns die Geschäftsführung und erstaunlicherweise Paula."

„An die habe ich jetzt nicht gedacht. Denn normalerweise hat jemand eine noch umfassendere Zugriffsberechtigung, nämlich der SharePoint Administrator. Notfalls kann er sich sämtliche Rechte besorgen."

„Und den willst du mit einbeziehen? Das geht auf keinen Fall. Vergiss es."

„Ich will ihn nicht direkt mit einbeziehen. Ich will seinen Account stehlen."

Glinda fiel fast der Unterkiefer herunter. „Du willst waaaas?"

„Mir seinen Account besorgen. Damit können wir dann auf alle Dokumente eurer Firma zugreifen."

„Und wie willst du den Account stehlen?"

„Ich habe da einen Plan. Den werde ich dir gleich erklären. Aber zuvor noch ein paar allgemeine Worte."

„Du hörst dich an wie unser Geschäftsführer."

„Wir müssen das auch projektartig organisieren. Alles muss genau geplant und exakt durchgeführt werden."

„Okay, okay."

„Gut. Das Stehlen des Accounts ist relativ risikolos. Wenn du dir keinen groben Schnitzer erlaubst, dann kann eigentlich nichts passieren."

„Verstehe ich das recht, ich soll den Account stehlen? Ich dachte *du* machst das?"

„Nein. Wenn du meinen Plan kennst, dann wirst du sehen, wie einfach es ist, das Passwort jemandem zu entlocken. Wer ist denn bei euch der SharePoint Administrator?"

„Das ist Ole. Aber mit dem kann ich überhaupt nicht. Vermutlich kommt niemand gut mit ihm zurecht."

„Das ist höchst suboptimal. Es muss doch noch einen zweiten geben. Wer zum Beispiel vertritt ihn, wenn er in Urlaub ist?"

„Unser Azubi, Timo. Der hat alles echt gut im Griff, er ist besser als die meisten Administratoren. Und ich glaube, er ist scharf auf mich."

„Optimal. Von dem muss du das Passwort besorgen."

„Soll ich etwa mit ihm ins Bett gehen? Bei dir ist echt eine Schraube locker."

„Nein, ganz und gar nicht. Ich erkläre es dir jetzt. Ganz wichtig ist dabei das Timing des Beginns. Du musst ihn kurz vor seinem Büro abfangen, wenn er morgens zur Arbeit geht."

Dann erklärte Hanjo Glinda seinen, zumindest aus seiner Sicht, genialen Plan. Glinda war da nicht so ganz seiner Meinung und wollte erst einmal eine Nacht darüber schlafen.

**

Hanjo und Glinda wollten den Abend angenehm ausklingen lassen. Deshalb bestellte Glinda noch einen maxi Cocktail Caipi-Ferkel und Hanjo weiteren Lambrusco. Sie kamen ins Klönen und sprachen über Gott und die Welt. Als Hanjo dann Wasser ablassen musste und auf der Toilette neben dem Waschbecken einen Kondomautomaten sah, kamen ihm noch ganz andere Gedanken. Aber die verdrängte er erst einmal ganz schnell wieder.

Kapitel 27

Glinda hatte lange nachgedacht. Ihr missfiel insbesondere, dass sie das ganze Risiko tragen musste. Sollte es schiefgehen, dann wäre sie ihren Job los und vorbestraft, während Hanjo in Ruhe seine Pizzen weiter essen könnte. Und was sollte das Ergebnis dieser Aktion sein?

Auf der anderen Seite war Hanjos Plan schon genial. Schließlich hatte Glinda sich doch noch einen Ruck gegeben und zugestimmt. Sie wollte Timos Account herausbekommen. 'Herausbekommen' klang viel besser als 'stehlen'.

Hanjo hatte gesagt, dass das Wichtigste ein genaues Timing zu Beginn wäre und Glinda konnte dem nur zustimmen. Außerdem hatte sie eigentlich nur einen Versuch. Sollte es dabei nicht klappen, dann konnte dieses Thema beerdigt werden. Deshalb hatte sie zunächst mit mehreren Kollegen in Timos Umfeld gesprochen und auch heimlich beobachtet, wie und wann Timo morgens zur Arbeit kam: Er nutzte öffentliche Verkehrsmittel und betrat normalerweise jeden Tag um ziemlich genau 08:25 Uhr sein Büro. Den Tag des Angriffes hatte Glinda auf den 30. November festgesetzt.

Kapitel 28

Heute war der 30. November. Punkt 08:20 Uhr war Glinda auf der Damentoilette und startete auf dem mitgebrachten Tablet das Video Aufnahmeprogramm. Dann schloss sie den Deckel der Schutzhülle. Niemand konnte erkennen, dass alles aufgezeichnet wurde. Auf der Rückseite war für die Kamera eine kleine Aussparung gelassen.

Nachdem dieses vollbracht war, ging Glinda auf den Flur, stellte sich an eine strategisch günstige Stelle und wartete. Ihr Herz schlug schneller, als sie nach wenigen Minuten Timo kommen sah. Sie ging auf ihn zu.

„Hi, Timo. Ich wollte gerade zu dir."

„Hi, Glinda. Wolltest du dich mit mir verabreden?"

„Nicht so ganz Timo. Ich soll für unseren Geschäftsführer eine Präsentation vorbereiten und dafür brauche ich Daten unserer letzten Versuche. Das Problem ist, dass diese bei Paula auf dem SharePoint liegen und ich keinen Zugriff darauf habe. Paula hätte mir die Datei zur Verfügung gestellt, aber sie ist ja zurzeit nicht mehr in unserer Firma. Kannst du mir die Datei einmal ausdrucken?"

„Das mache ich doch gerne für dich", wobei Timo das 'dich' besonders betonte. „Paula ist wohl noch in Untersuchungshaft?"

Timo startete seinen PC. Als die Anmeldemaske kam, tippte er seinen User Namen und sein Passwort ein. Zuvor hatte sich Glinda an seine Seite gestellt und hielt nun das Tablet in einer geeigneten und trotzdem unauffälligen Position. - Das meine sie jedenfalls.

„Sag einmal, was hast du denn für ein Tablet? Zeig mal."

Glindas Herz raste. Wenn Timo jetzt spitz bekam, dass sie heimlich alles aufgenommen hatte, dann war Ende. Timo war nicht blöde und hätte sofort alles durchschaut. Jetzt hing alles davon ab, dass sie geschickt reagierte.

„Das ist alt. - An was für einen Film hattest du denn gedacht?" Dabei legte sie ihre Hand auf Timos Schulter.

Timo errötete. „Okay, aber erst einmal die Datei. Wie heißt sie und in welchem Ordner liegt sie?"

Glinda machte die Angaben und Timo navigierte dorthin, öffnete die Datei und überflog den Inhalt.

„In Ordnung, ich drucke sie jetzt aus."

Der Drucker neben Timos Arbeitsplatz begann zu summen. Nachdem die drei Seiten gedruckt waren, nahm Timo sie und drückte sie Glinda in die Hand.

„Wie wäre es mit Star Wars?"

„Ach ich weiß nicht. Weißt du was? Ich schaue einmal, was zurzeit alles läuft, suche mir etwa aus und melde mich dann."

Bevor Timo antworten konnte war Glinda aus dem Raum gegangen. Auf dem Rückweg zu ihrem Büro warf Glinda den Ausdruck in den Recycling Container.

Kapitel 29

Abends trafen sie sich bei Hanjo. Glinda hatte protestiert, denn sie genoss inzwischen die Treffen im Café oder in einem Restaurant. Aber Hanjo hatte ihr am Telefon eine lange Vorlesung darüber gehalten, dass sie eine Straftat bereits begangen hatten und eine zweite planten. Hanjo hatte versucht ihr klar zu machen, dass man nicht wisse, wer am Nebentisch sitze und was er von dem Gesprochenen verstehe. Das könnte zum Beispiel auch ein Kriminalfahnder sein.

**

Hanjo wohnte in Lohbrügge, einem Stadtteil, der an Bergedorf grenzt und zum Bezirk Bergedorf gehört. Er hatte dort eine winzige Wohnung in einem der Wohnhäuser, die in den 60er Jahren im nördlichen Teil gebaut worden waren. Die Wohnung war zwar klein, aber da nur er darin wohnte, war er wenigstens sein eigener Herr. Die Einrichtung bestand aus einem Konglomerat der unterschiedlichsten Stile, die nur eines gemeinsam hatten: den extrem günstigen Preis.

Hanjo hatte den ganzen Nachmittag herumgewirbelt und die Wohnung, so weit er es schaffen konnte, aufgeräumt. Außerdem hatte er Wein und Chips gekauft.

Als Glinda, wie meist, mit 'geringer' Verspätung eintraf, strahle sie über das ganze Gesicht.

„Ich glaube, ich habe einen guten Job gemacht", war ihre Begrüßung.

„Hi, Glinda. Komm erst einmal rein. Ich nehme deinen Mantel."

Glinda setzte sich auf die Coach, zog ihr Tablet aus der Tasche und wedelte triumphierend damit herum.

„Zeig. Kann man alles erkennen?"

Glinda klappte das Tablet auf und startete das Video. Es begann mit dem Fußboden in der Damentoilette. Einige Minuten später konnte man sehen, wie Timo sich anmeldete. Der Username, 'spadmin2' war in der Eingabemaske klar zu erkennen. Dann folgte die Eingabe des Passwortes, was in der Eingabemaske aber nur als Sterne dargestellt wurde. Doch konnte man recht genau sehen, auf welche Taste Timo jeweils tippte, auch wenn die Beschriftung der Tasten im Video undeutlich war.

„Halt einmal kurz an. Ich hole nur meine Computer Tastatur." Und damit rannte Hanjo zu seinem PC rüber, kroch unter den kleinen Tisch und zog das Tastaturkabel heraus. Schon Sekunden später kam er mit Tastatur, Zettel und Kugelschreiber zurück.

„So, die Stelle jetzt mehrmals hintereinander abspielen."

Glinda spielte die kurze Sequenz, die vielleicht zwei Sekunden dauerte, immer und immer wieder ab. Gleichzeitig versuchte Hanjo die Tastaturanschläge auf seiner Tastatur nachzustellen.

„Es geht nicht. Ich bekomme das nicht hin. Timo ist einfach zu schnell."

„Und was machen wir jetzt? Soll ich Timo beim nächsten Mal bitten für die Videoaufnahme langsamer zu tippen?"

„Ach Glinda, bleib doch sachlich. Wenn es zu schnell ist, dann müssen wir die Aufnahme eben langsamer abspielen."

„Und wie? Mein Tablet hat keine Zeitlupe."

„Geh doch einmal auf den Google Play Store und suche nach 'Video Zeitlupe'. Dort gibt es ganz bestimmt eine App, die das kann."

Tatsächlich fanden sie einen Video Zeitlupe Player mit dem man aus einer Video Aufnahme Stücke ausschneiden und in anderen Geschwindigkeiten abspielen konnten. Und der Download war sogar kostenlos. Glinda lud die App herunter und bearbeitete damit das Video. Währenddessen hielt Hanjo einen Vortrag, dass es keine kostenlosen Apps gebe. Denn bei solchen Apps würde zum Beispiel mit Informationen über sich, die verkauft würden, oder in Form von gezeigter Werbung Geld verdient. Hanjo konnte einem manchmal schon auf die Nerven gehen.

Mit der Zeitlupe ging es besser. Schon nach wenigen Minuten standen auf dem Zettel folgende Buchstaben:

C ewbacca

Zwischen dem 'C' und dem 'e' klaffte eine Lücke.

„Mir ist der zweite Buchstabe nicht klar. Es könnte ein 'b' oder ein 'g' sein. Aber das ergibt keinen Sinn. Überhaupt ein komisches Wort."

„Es ist ein 'h'. Kennst du Chewbacca nicht? Das ist doch der Wookiee aus Star Wars, der mit Han Solo fliegt."

Hanjo war sprachlos. Manchmal erstaunte Glinda ihn wirklich.

„Da hat dein Timo aber ein sehr unsicheres Passwort. Ich hätte mehr von ihm erwartet."

„Soll ich ihm das sagen? - Jetzt haben wir den Account gestohlen. Und wie geht es jetzt weiter?"

„Das ist doch klar. Wir müssen in die Firma, uns mit diesem Account einloggen und dann die Informationen sichten."

„In die Firma? Ich dachte wir machen das von hier aus."

Diese Frage hätte Glinda vielleicht lieber nicht stellen sollen. Denn jetzt folgte ein weiterer, längerer Vortrag über IP Scanner, Port Scanning, Firewalls, Protokolle, Verschlüsselung und Exploits. Glinda verstand eigentlich nur zwei Sachen: es war kompliziert und man durfte keine Spuren zurücklassen. Andrej war doch ein ganz anderes Kaliber gewesen. Er hätte das bestimmt mit links gelöst.

„Wie machen wir das dann?"

„Zunächst brauchen wir einen PC in deiner Firma. Wir sollten auf keinen Fall Spuren hinterlassen. Es ist möglich, dass Zugriffe auf SharePoint protokolliert werden und dann wüsste man gleich, dass du es bist. Gibt es in deiner Firma PCs, die für alle frei zugänglich sind?"

„Die meisten PCs sind mit BIOS Passwörtern gesichert. Aber es gibt einen für Werkstudenten und Techniker. Der hat kein BIOS Passwort und ist gut zugänglich."

„Okay, das ist unser Arbeitsplatz. Nun der nächste Punkt. Wir werden viele Stunden zum Durcharbeiten der Daten benötigen. Fällt es auf, wenn du die ganze Nacht dort verbringen würdest?"

„Auf jeden Fall. Um zum Beispiel durch die Eingangstüren zu kommen müssen wir einen Chip an ein berührungsloses Lesemodul halten. Die Daten werden auf jeden Fall gespeichert und ich weiß nicht, was für Auswertungen dieser Daten erfolgen."

„Also müssen wir eine andere Möglichkeit wählen. Könnte man eine fremde Person unbemerkt in die Büros schleusen?"

„Nein. Wir haben sehr hohe Sicherheitsstandards. Jeder Besucher muss sich beim Empfang melden und wird dort überprüft. Dann wird er von der zu besuchenden Person am Empfang abgeholt und darf nie unbeaufsichtigt sein. Außerdem trägt jeder Mitarbeiter und Besucher einen Ausweis, beziehungsweise Besucherausweis. Jemand ohne Ausweis fällt sofort auf. Keine Chance."

„Hmmm. Gibt es Nachtwächter?"

Es folgten noch viele Fragen. Danach diskutierten sie verschiedene Möglichkeiten bis sich ein vager Ansatz herauskristallisierte. Aber eines stand fest, es war sehr risikoreich.

Glinda bewunderte Hanjo, wie er systematisch Punkt für Punkt abarbeitete. Diese Art gab ein sicheres Gefühl und deshalb stimmte sie schließlich ein, den Plan in die Tat umzusetzen.

Es war schon weit nach Mitternacht als Glinda mit ihrem roten Toyota nach Hause fuhr. Zwar hatte sie vorschnell Hanjo zugesagt, aber es bestand noch immer die Möglichkeit abzuspringen. Sie musste sich noch einmal in Ruhe überlegen, ob die Sache das damit verbundene Risiko wert war.

Kapitel 30

Schließlich hatte Glinda doch noch endgültig zugestimmt. Wenigstens lag das Risiko, das dieses Mal beträchtlich größer war, hauptsächlich bei Hanjo.

Hanjo hatte einen genialen Plan entwickelt. Allerdings wusste er auch, dass sich geniale Ideen dadurch auszeichneten, dass sie sich später als undurchführbar erwiesen. Aber immerhin hatte er sich auf diese Aktion gut vorbereitet.

Zum einen hatte er einen Besucherausweis. Glinda hatte in der Firma einen Besucherausweis mit dem Handy fotografiert und Hanjo hatte das Foto mit einem Grafikprogramm bearbeitet und schließlich den Ausweis auf Fotopapier ausgedruckt und ausgeschnitten. Außerdem hatte Glinda es geschafft, eine Hülle mit Befestigung dafür, in ihrer Firma zu besorgen. Sie hatte einfach gesagt, dass ihre kaputt wäre. Auf den ersten Blick war dieser Ausweis nicht als Fälschung zu erkennen. Zwar war Hanjo der Meinung, dass er diesen Besucherausweis nicht benötigen würde, aber sicher ist sicher.

Zweitens hatte es ein Problem gegeben, dass gelöst werden musste. Der PC für Techniker und Werkstudenten stand in einem Raum für den Glindas Schlüssel nicht passte, und sofern niemand in einem Raum war, wurden Räume grundsätzlich verschlossen. Biochemical Research hatte schon einen erstaunlich hohen Sicherheitsstandard. Um zu einem Replikat des erforderlichen Schlüssels zu kommen, hatte Glinda den entsprechenden Schlüssel unter einem Vorwand ausgeliehen und Fotos davon gemacht. Unter Verwendung von diesen

Fotos, Glindas Büroschlüssels, eines 3-D Scanners, eines 3-D Grafikprogramms sowie eines 3-D Druckes hatte Hanjo in der Uni daraus ein Replikat aus Kunststoff ausgedruckt. Glinda hatte dabei ungläubig zugesehen. Sie war bis dahin noch der Meinung gewesen, dass man so etwas durch einen Eindruck in so etwas ähnlichem, wie Knetmasse und Ausgießen der Form machte.

Manchmal lebte Glinda wohl noch in einer vergangenen Zeit.

Kapitel 31

Jetzt stand Hanjo vor dem weißen Gebäude von Bio-chemical Research im Industriegebiet Reinbek Guten-bergstraße. Das Gebäude lag in einer kleinen Nebenstraße. Es hatte zwei Stockwerke und darüber ein rundlich geschwungenes Dach. Glinda hatte ihm er-klärt, dass an diesem Standort die Verwaltung sowie die Labors untergebracht waren. Der Eingangsbereich aus Glas und Metall wirkte aus Hanjos Sicht protzig. An der Seite leuchtete groß in blauer Schrift 'Biochemical Research'.

Direkt nebenan war eine Baustelle und Hanjo hatte sich dort eine Leiter 'ausgeliehen'. Das hatte er vorher ausge-kundschaftet, und diese Leiter bei der Baustelle hatte sich als die einzige Lösung herauskristallisiert, ins Ge-bäude zu kommen. Deshalb verdrängte Hanjo auch eventuelle Gewissensbisse bezüglich des 'Ausleihens'.

Hanjo und Glinda hatten lange diskutiert, wie er ins Gebäude gelangen könnte. Da offizielle Wege aufgrund des Aufenthaltes in der Nacht ausschieden, blieb nur eine Art Einbruch übrig. Die Fenster im Erdgeschoss waren alle mit speziellen Schlössern gesichert, aber die Fenster in der ersten Etage ließen sich öffnen. Deshalb hatte Glinda am Nachmittag das Fenster in der Damen-toilette im ersten Stock geöffnet, ein Stück Papier zwi-schen geklemmt und wieder zugezogen. Es müsste sich jetzt von außen leicht aufdrücken lassen. Das Fenster in der Damentoilette hatte mehrere Vorteile. Sollte es ver-sehentlich aufgehen, dann würde das keinen Argwohn hervorrufen. Außerdem stand gerade in diesem Bereich draußen eine große Tanne, die schon weihnachtlich geschmückt war. Als Hanjo von der Tanne begeistert war, hatte Glinda zunächst gedacht, dass Hanjo in Tarzan Manier die Tanne hochklettern und sich dann ins Fenster schwingen wollte. So etwas ist natürlich Unsinn, aber eine Leiter wurde durch den Baum teilweise verborgen.

Hanjos Herz schlug deutlich schneller. Alles war zwar gut geplant, doch bei so einem komplexen Plan gab es auch viele Möglichkeiten, dass etwas schief ging. Wenn er aufflog, dann würde das eine Anzeige wegen Einbruchs nach sich ziehen und so Hanjos weiteres Leben ruinieren.

Hanjo stellte jetzt die Leiter hinter der Tanne an die Hauswand. Von nun an gab es kein Zurück mehr. Er stieg die Leiter hinauf, drückte das Fenster auf, trat auf die Fensterbank und ließ sich auf den Fußboden im Raum hinunter.

Ursprünglich hatte er geplant, dass nachdem er eingestiegen war, Glinda die Leiter zurückbringen sollte. Aber einerseits war die Leiter für Glinda wohl zu schwer und außerdem hatte sie sich vehement geweigert, bei dem Einbruch dabei zu sein. Aus diesem Grund musste Hanjo eine andere Lösung entwickeln.

Deshalb nahm er jetzt eine mitgebrachte Wäscheleine aus seinem Rucksack, schwang sie unter der obersten Sprosse der Leiter durch und hielt beide Seilstücke fest. Danach kippte er die Leiter zur Seite um, was ihm mehr Mühe bereitete als er erwartet hatte und ließ die Leiter mitteln der Wäscheleine langsam zu Boden gleiten. Schließlich ließ er eines der beiden Seilenden los und zog das Seil über das andere Ende ab. Jetzt lag die Leiter direkt vor der Hauswand, parallel zum Gebäude, am Boden. So würde die Leiter zunächst nicht auffallen. Und selbst wenn, dann würde man das eher mit der Weihnachtstanne als mit einem Einbruch in Verbindung bringen.

Glücklicherweise brannte das Licht in der Damentoilette, so dass Hanjo sich nicht im Dunkeln voran tasten musste. Dabei stellte er fest, dass sich eine Damentoilette von einer Herrentoilette nur darin unterschied, dass es keine Pinkelbecken und mehr Kabinen gab. Besser roch es dort auch nicht.

Hanjo öffnete die Tür zum Flur und schaute hinaus. Der Flur war menschenleer. Im Informatikum war um diese Uhrzeit viel mehr los!

Nachdem Hanjo erst einmal im Gebäude war, war alles sehr einfach. Mit der Gebäudeskizze, die Glinda für ihn angefertigt hatte, fand er mühelos den Raum mit dem PC für Werkstudenten und Techniker. Er zog den Plastikschlüssel aus der Hosentasche und öffnete die Tür. Glinda hatte schon einige Tage zuvor den Schlüssel ausprobiert. Deshalb hatte Hanjo auch keine Probleme erwartet.

Er schaltete das Licht ein, setzte sich an den PC und startete diesen. Nach einer Sekunde öffnete sich ein kleines Fenster das zur Eingabe eines Passwortes aufforderte.

„Scheiße!"

Das konnte doch nicht sein. Glinda hatte sich geirrt und alles war um sonst.

„Na, der werde ich meine Meinung sagen. Ich riskiere Kopf und Kragen nur weil Glinda nicht überprüft hat, dass dieser PC wirklich ohne BIOS Passwort eingerichtet ist."

Hanjo schaute sich im Raum noch einmal um. Ganz hinten in der Ecke stand noch ein Rechner. Eine Chance gab es also noch.

Bei diesem PC hatte Hanjo Glück. Er startete ohne BIOS Kennwort und Hanjo entschuldigte sich im Geiste vielmals bei Glinda.

Dann meldete sich Hanjo problemlos mit Timos Account an und konnte auf alle SharePoint Dokumente zugreifen.

Im SharePoint gab es scheinbar unendlich Unmengen von Dokumenten in vielen verschachtelten Ordnern. Nach dem Gießkannenprinzip schaute sich Hanjo einmal hier, einmal dort, Dokumente an. Dabei merkte er nicht, wie die Zeit verging.

**

Plötzlich erschrak Hanjo. Die Tür vom Büro wurde geöffnet und eine dunkelhäutige Frau mit blauem Kittel stand in der Tür.

„Was machen sie den hier so früh?" Die Frau sprach mit einem nicht überhörbaren Akzent. Trotzdem hörte Hanjo die Überraschung aus ihrer Stimme heraus.

„Entschuldigung, dass ich sie erschreckt habe. Ich führe ein Software Update durch und muss fertig sein, bevor die ersten mit der Arbeit beginnen. Sie brauchen heute in diesem Raum nichts machen, das ist schon in Ordnung."

Hanjo hoffte, dass sein aufgesetztes Lächeln nicht künstlich wirkte.

„Entschuldigung, ich wollte nicht stören."

Damit ging die Putzfrau aus dem Raum und schloss die Tür. Hanjo schaute auf seine Uhr: 05:46 Uhr. Es war Zeit, die Arbeit zu beenden.

Er kramte wieder die Gebäudeskizze hervor und ging zu einem der Notausgänge. Angeblich sollte sich diese Tür von innen ganz normal öffnen lassen. Dafür ware sie alarmgesichert. Hanjo konnte die kleinen Kästen der Alarmkontakte sofort ausmachen. Das waren offenbar ganz normale berührungslose Kontakte auf Basis von Magneten. Wenn er die Tür öffnete und wieder schloss, würde das zwar einen Alarm auslösen, aber ansonsten würde er keine Spuren hinterlassen.

Hanjo drückte die Klinke runter und gegen die Tür, aber sie öffnete sich nicht.

„Scheiße. Verdammte Scheiße. Notausgänge dürfen nicht verschlossen sein."

Vorschriften hin oder her, jetzt saß er in der Falle. Er drückte mit aller Kraft, aber nichts geschah. Wütend trat er gegen die Tür.

„Üüüüüüüüüü", heute die Sirene im Treppenhaus los und die Tür sprang auf.

Hanjo war erleichtert. Offenbar hatte sich diese Tür, die so gut wie nie geöffnet wurde, irgendwie verklemmt.

Hanjo eilte hinaus und schloss die Tür wieder, wofür er erneut einen Fußtritt benötigte. Mit Sicherheit gab es nicht nur die Sirene im Treppenhaus und es würde auch irgendwo anders ein Alarm ausgelöst. Aber bevor jemand vor Ort war, war Hanjo schon lange weg. Vermutlich würde man das dann als Fehlalarm verbuchen.

Kapitel 32

Als Hanjo endlich wieder zuhause war, schmiss er sich frustriert ins Bett. Obwohl in seinem Kopf viele Gedanken hin- und hergingen, schlief er schnell ein.

Kurz nach Mittag wachte er auf und verabredete sich per SMS mit Glinda für den Abend wieder im Lavastein. Wie sollte er ihr das bloß erklären? Eigentlich hatte Hanjo deshalb keine große Lust sich mit Glinda zu treffen. Aber, wie sagen die Norddeutschen: wat mutt, dat mutt.

**

Hanjo saß schon eine halbe Stunde im Lavastein bevor Glinda kam. Man sah ihr die Spannung an.

„Hi, Hanjo, wie ist es gelaufen?"

„Das kommt darauf an."

„Worauf?"

„Auf das, worauf man sich bezieht."

„Komm, lass dir nicht alles aus der Nase ziehen."

In dem Moment kam die Bedienung und fragte nach ihren Wünschen. Ein Blick in die Speisekarte war inzwischen nicht mehr erforderlich. Zunächst bestellten beide nur etwas zu trinken.

„Komm, erzähl jetzt endlich."

„Ich bin gut ins Gebäude gekommen und auch der Zutritt zum Büro war problemlos. Zwar hat die Putzfrau mich heute früh kurz gesehen, aber auch das war kein Problem. Ich habe ihr erzählt, dass ich vor Arbeitsbeginn ein Software Update durchführen muss."

„Genial. Aber was hast du herausbekommen?"

„Ich konnte mich auch mit Timos Account einloggen und hatte Zugriff auf sämtliche Dokumente im Share-Point. Es sind Tausende, wenn nicht sogar Hunderttausende. Und alles ist in unzähligen verschachtelten Ordnern organisiert. Ich habe die ganze Nacht Dokumente gesichtet und weiß jetzt unheimlich viel über eure Firma."

Hanjo holte noch einmal tief Luft. Jetzt musste es raus.

„Aber ich habe nichts relevantes gefunden."

„Waaas? Nichts gefunden? Wozu habe ich denn bei dem ganzen Scheiß mitgemacht? Weißt du, dass ich dafür hätte in den Knast gehen können?"

Natürlich wusste Hanjo das. Und auch ihm hätte das selbe Schicksal widerfahren können. Aber so war es eben.

„Es tut mir Leid, aber es waren zu viele Dokumente und ich wusste nicht, wonach ich suchen sollte. Ich habe keine Dateien gefunden, die ein Fähnchen mit der Aufschrift 'krimineller Inhalt' trugen."

„Aber Andrej hatte doch etwas herausgefunden."

Andrej, immer wieder Andrej. Andrej musste wirklich ein Supermann gewesen sein. Allmählich hing Hanjo das zum Halse heraus.

„Andrej hat sicher gewusst, wonach er suchen musste. Ich leider nicht."

„Trotzdem."

In dem Augenblick brachte die Kellnerin die Getränke. „Haben sie schon etwas zum Essen gewählt?"

„Nein Danke, wir speisen heute nicht."

Kapitel 33

Zuhause schob sich Hanjo eine Pizza aus dem Supermarkt in den Backofen. In einem hatte Glinda Recht: sie hatten bisher viel Zeit investiert und viel riskiert und waren weder dem Motiv noch dem Mörder auf die Spur gekommen. Aber war das überhaupt seine Aufgabe? Was hatte er eigentlich mit Andrej zu tun? Es war doch nur ein Zufall gewesen, dass er in dem Moment in der Herrentoilette des Informatikums pinkeln musste. Ansonsten verband ihn doch nichts mit Andrej. Und was hatte er mit Glinda zu schaffen? Manchmal fand er sie zwar anziehend, aber im Prinzip war sie eine Fremde für ihn. Warum sollte er noch mehr investieren.

„Das Ganze ist doch die Sache der Polizei und nicht meine", murmelte Hanjo vor sich hin.

Ja, Monika tat ihm sehr Leid. Für diese nette junge Frau musste das Ganze ein schrecklicher Alptraum sein. Ihr Mann wird ermordet und sie steht mit den beiden Kindern alleine da. Wenn er ihr helfen konnte, dann wollte er es tun. Aber konnte er ihr helfen, indem er versuchte den Mörder dingfest zu machen? Dadurch würde Andrej auch nicht wieder lebendig.

„Es ist die Sache der Polizei", sagte Hanjo laut vor sich hin, „die muss es klären."

Die Polizei hatte doch viele Informationen. Dann überlegte Hanjo, was Kommissar Heise inzwischen alles wissen musste. Er war ein guter Bekannter von Andrej gewesen und wenn Andrej Informationen von Cryos und

Biochemical Research besorgt hatte, dann hatte er auch bestimmt mit Heise darüber gesprochen..

„Moment einmal!" Hanjo ging ein Licht auf.

Heise musste doch von Andrejs Aktionen bei Cryos und Biochemical Research gewusst haben. Warum hatte er damals nichts davon erwähnt? Hatte Heise falsch gespielt?

Hanjo beschloss, dem auf den Grund zu gehen und Kommissar Heise auf den Zahn zu fühlen. Aber eines nach dem anderen, und zuerst einmal die Pizza ….

Kapitel 34

Hanjo rief Kommissar Heise an und bat um einen Termin. Als er nachmittags im Polizeipräsidium ankam, wurde er wieder freundlich empfangen.

„Hallo Herr Loss. Bitte nehmen sie Platz. Was kann ich für sie tun?"

„Sagen sie doch einfach Hanjo zu mir."

„Also gut. Hanjo, was kann ich für sie tun?"

„Erst einmal eine vielleicht blöde Frage. Ich bin mir relativ sicher, dass ich sie auf der Beerdigung von Andrej gesehen habe. Kann das sein?"

„Wer verhört hier eigentlich wen?"

„Sorry, so war das nicht gemeint."

„Schon gut. Ja, ich war dort, denn ich kannte Andrej sehr gut. Ich war sein fester Ansprechpartner, wenn es zum Beispiel um polizeiliche Belange ging. Deshalb haben wir oft zusammen gearbeitet."

„Monika, Andrejs Frau, sagte, dass er für einen Geheimdienst gearbeitet hat. Stimmt das?"

„So würde ich das nicht bezeichnen. Andrej hat schon für deutsche Behörden gearbeitet. Um seine Arbeit allerdings zu verstehen, muss man etwas weiter ausholen. Er war international bekannt als Spezialist für Verschlüsselung. Eigentlich hätte ihm eine Professur zugestanden. Er hat sich auch auf mehrere Stellen beworben, aber stets wurden Kandidaten mit weniger Können, aber besseren Beziehungen, bevorzugt. Aber im Grunde war es Andrej egal, die Hauptsache war für ihn, dass er seine Forschung betreiben konnte."

Heise machte eine kleine Pause. „Es gibt aber eine ganz andere Seite von Andrej, die nur wenige kennen. Er war eine Koryphäe auf dem Gebiet der Computerkriminalität. Leider gibt es für dieses Fach weltweit nur an einer Handvoll von Universitäten Lehrstühle. Aus diesem Grund, und auch als Tarnung, war nur die andere Seite von Andrej bekannt. Er hat aber für unsere Behörden gearbeitet, wenn Fälle von Computerkriminalität festgestellt werden mussten und insbesondere wenn Spuren zu den Tätern zurückverfolgt werden sollten. Es ist gar nicht so einfach festzustellen, wenn Daten gestohlen wurden. Die Daten sind ja nicht weg wie eine Brieftasche, sondern die Täter fertigen eine Kopie für sich an. Aber wenn jemand so etwas überhaupt feststellen konnte, dann war es Andrej."

„Um was für Kriminalität hat es sich denn gehandelt?"

„Das war ganz unterschiedlich. Es gab zum Beispiel eine Hacker Attacke von einem ausländischen Geheimdienst auf Server der Bundeswehr. Meistens hat es sich aber um Industriespionage bei entsprechend brisanten Firmen, wie Rüstungsfirmen, gehandelt, und insbesondere um Bandenkriminalität. Sie können sich nicht vorstellen, mit welch ausgefeilten Technologien russische und chinesische Banden versuchen unsere Banken zu plündern. Früher ging ein Bankräuber mit einer Pistole in eine Bank; heute sitzt er an einem Schreibtisch in einem fernen Land, und das fast ohne Risiko, und mit einer vielfach höheren Beute."

„Aber was hat denn der Betrug beim Beerdigungsinstitut Cryos damit zu tun?"

„Wahrscheinlich nichts. Aus meiner Sicht ist Andrej rein zufällig darauf gestoßen. Nehmen wir einmal an, er habe eine Spur verfolgt und war deshalb auf dem Server von Cryos. Und dann haben Informationen auf den Betrug gedeutet. - Aber das Ganze hätte sowieso nichts genutzt. Kein Gericht erkennt solche illegal gesammelten Informationen an. Und wenn Andrej sein Wissen darüber weitergegeben hätte, dann hätte er sich sogar strafbar gemacht."

„Hat Andrej denn illegal gearbeitet?"

„Nein nie. Es gab zwar hin und wieder Grauzonen, in denen er sich bewegte, aber über mich hat er bei Bedarf eine entsprechende richterliche Verfügung zur Überwachung erhalten."

„Wenn Andrej nun aber zufällig auf andere Straftaten, wie zum Beispiel bei Cryos gestoßen ist, konnte er denn das wirklich nicht zur Anzeige bringen?"

„Nein, keine Chance?"

„Wirklich nicht?"

„Hanjo, unterhalten wir uns einmal ganz privat, und das Gesagte muss auch wirklich unter uns bleiben."

Hanjo nickte.

„Andrej hat mir ab und zu schon einmal einen Tipp gegeben. Aber alle nachfolgenden Ermittlungen basierten dann nicht auf dem Tipp, sondern es war dann eine Art innere Eingebung, die zu einer Überprüfung geführt hat. Verstehen sie? Deshalb war ich auch ganz froh, dass sie die Nummer beim Beerdigungsinstitut Cryos abgezogen haben."

„Mir kommt da gerade eine Idee. Nehmen wir einmal an, Andrej hätte ihnen eine mit einem Passwort geschützte Datei zukommen lassen. Welches Passwort würde er verwenden?"

„Dass werde ich ihnen nicht sagen."

„Bitte, das kann überaus wichtig sein."

„Ja, das ist so eine Sache."

Es entstand eine Pause.

„Was für eine Sache?"

„Na, mit den Passwörtern."

Hanjo war kurz vorm explodieren.

„Muss ich ihnen denn alles aus der Nase ziehen?"

„Nein. Aber das mit den Passwörtern ist so eine Sache."

Hanjo stand auf und ging einen Schritt in Richtung Tür.

„Dass sie so herumdrucksen zeigt, dass sie ein Passwort kennen. Ich wollte ihnen ja nur helfen. Aber wenn sie keine Hilfe wollen, dann ist das ihr Problem. Und ich dachte bisher, dass Kriminalpolizisten Idealisten wären, denen es um die Sache ginge."

Damit drehte er sich um und ging weiter.

Heise überlegte einen Moment. Da Andrej tot war, war ein möglicher Schutz hier nicht mehr relevant.

„Also gut, vermutlich '4Heise'. Also die Ziffer vier und dann Heise mit großem 'H'.“

„Vielen Dank. Ich werde sie morgen anrufen und mitteilen, ob das ein Treffer war.“

Dann ging Hanjo durch die Tür, ohne sich richtig zu verabschieden. Seine Gedanken überstürzten sich. Wenn er Recht hatte, dann wäre das Puzzle vielleicht gelöst. Als er schon zur Tür hinaus war, drehte er sich um und kam noch einmal zurück.

„Eine Frage habe ich noch: warum hat Andrej sich eigentlich an Glinda rangemacht?“

„Das ist etwas, was ich, ehrlich gesagt, überhaupt nicht verstehe. Andrej hat stets im Verborgenen gearbeitet und hat niemals zuvor versucht, Informationen über Social Engineering zu erhalten. Er hat also nie zu Personen persönliche Beziehungen aufgebaut um sie zu täuschen und dazu zu bringen, ihm Informationen zu besorgen oder preiszugeben. Er muss in diesem Fall einen sehr gewichtigen Grund gehabt haben.“

Diese Antwort gefiel Hanjo gar nicht. Sie passte überhaupt nicht in sein Puzzle.

Kapitel 35

„Die Welt ist doch eigenartig", dachte Hanjo. „Da mühst du dich ab um ein Passwort zu knacken, und dabei brauchst du nur den richtigen zu fragen und schon hast du es."

Auf dem Weg nach Hause hatte er die Spannung kaum noch aushalten können. Obwohl seine Blase schon heftig drückte, schaltete er erst den PC ein, bevor er auf die Toilette ging.

„Pffff! Das war knapp", dachte Hanjo. Dabei erinnerte er sich wieder an die Vorgänge in der Herrentoilette des Informatikums. Als er auf der Toilette fertig war, hatte er am PC eines der .zip-Archive geöffnet und einen Doppelklick auf eine der Dateien gemacht. Nachdem sich das Passwortfenster geöffnet hatte, hatte er '4Heise' eingegeben und – Bingo! Es war das richtige Passwort gewesen.

Danach hatte Hanjo Datei für Datei geöffnet. Es waren unterschiedliche Dokumente. Bezüglich Cryos konnte Hanjo sie gut zuordnen, weil er die Geschichte dazu kannte. Bei Biochemical Research konnte er zunächst keine Systematik und keinen Zusammenhang erkennen. Es gab also neue Puzzleteile, aber es war unklar, wie diese einzuordnen wären. Aber dafür gab es Kommissar Heise. Schließlich war der USB-Stick mit an Sicherheit grenzender Wahrscheinlichkeit für Kommissar Heise gedacht. Hanjo musste bei dieser Formulierung grinsen. Doch was, wenn auch Kommissar Heise mit den Dateien nicht viel anfangen konnte?

Deshalb rief Hanjo einen alten Klassenkameraden an, der Biologie studierte, und schilderte ihm die Situation. Danach schickte er ihm die Dateien verschlüsselt per Mail. Dann wartete Hanjo ungeduldig auf einen Rückruf. Es dauerte aber noch zwei Stunden bis das Telefon klingelte und sein Klassenkamerad ihm die Lösung mitteilte. Es ging also doch.

Später kopierte Hanjo gutgelaunt die .zip-Archive auf einen alten USB-Stick und verabredete sich per SMS für den nächsten Tag mit Kommissar Heise.

Kapitel 36

Um Punkt 08:27 Uhr stieg Hanjo am Bergedorfer Bahnhof in die S-Bahn ein. Eigentlich müsste er genau pünktlich bei Kommissar Heise eintreffen. Allerdings war es kalt und bei solchen Wetterlagen gab es bei den älteren Waggons, die nach Hamburg fuhren, bei den Türen oft Störungen, was zu Verspätungen führte. Hanjo hoffte, dass die Technik dieses Mal gnädig sein möge.

In Bergdorf stiegen noch viele weitere Personen ein. Es wurde recht voll oder, wie die Bahn sagen würde: der Zug wurde optimal ausgelastet. Hanjo bekam keinen Sitzplatz mehr ab und stellte sich vor die rechte Tür. Rechts und links von ihm standen drei junge Männer mit etwas dunklerer Hautfarbe, schwarzen Haaren und leicht mandelförmigen Augen. Obwohl sie kein Wort miteinander sprachen, hielten sie Blickkontakt. „Ein merkwürdiges Trio", dachte Hanjo und beobachtete sie weiter.

Sie sprachen weiter kein Wort. Aber einer der drei schien unauffällig Handzeichen zu geben worauf einmal der eine, einmal der andere oder manchmal beide genauso unauffällig nickten. Hanjo hatte plötzlich ein sehr ungutes Gefühl und hielt jetzt seine Arme vor dem Bauch etwas verschränkt, so dass die Ellbogen jeweils auf die Reißverschlüsse der Jackentaschen drückten. So würde er es sofort bemerken, wenn sie es wirklich noch versuchen sollten, seine Brieftasche oder den USB-Stick zu stehlen.

Hanjo beobachtete die drei Männer weiter. Aber es geschah nichts. Wenn er erwartet hätte, dass sie sich vielleicht an andere Reisende heranmachen würden, dann wurde er enttäuscht. Oder fühlten sie sich von Hanjo beobachtet? Aber dann hätten sie sich doch einfach ans andere Ende des Wagens zwängen können. Sehr merkwürdig, normale Taschendiebe waren das bestimmt nicht.

Plötzlich hatte Hanjo einen fürchterlichen Verdacht. Wenn sie es nun auf seinen USB-Stick abgesehen hätten? Das würde alles erklären. Sie hatten sich unauffällig um ihn herum positioniert und warteten nur auf eine passende Gelegenheit. Mit den geheimen Signalen, ganz am Anfang, hatten sie sich abgestimmt. Jetzt wurde es Hanjo richtig mulmig. Er musste daran denken, was Glinda ihm von Andrejs Ermordung erzählt hatte.

Hanjo war klar geworden, dass er jetzt reagieren musste. Wie lautete der Spruch, den er einmal von einem Manager gehört hatte: 'agieren statt reagieren'. Er könnte versuchen sich durch den vollen Waggon ans andere Ende zu zwängen. Doch wenn die Männer ihm folgten, dann gab er ihnen in dem Gedränge viele hervorragende Angriffspunkte. Nein, das war keine gute Idee.

„Nächster Halt Billwerder Moorfleet, Ausstieg rechts", teilte der Zugfahrer durch die Lautsprecher mit. Das war eine gute Möglichkeit. Billwerder Moorfleet war eine der wenigen Stationen, wo sich der Bahnsteig in Fahrtrichtung rechts befand und Hanjo stand direkt vor der rechten Tür. Wenn er jetzt ausstieg, dann konnte er wenigstens sehen, ob die Männer ihm folgten. Aber was dann?

Als der Zug angehalten hatte, renkte sich Hanjo etwas nach hinten, um die Tür zu öffnen, ohne sich umzudrehen. Als die Tür sich öffnete, stolperte Hanjo rückwärts raus, drehte sich um und ging weiter. Nach einigen Schritten schaute er hinter sich. Die drei Männer folgten ihm.

Was jetzt? Hanjo lief einen Waggon weiter vor, öffnete die Tür und presste sich in die Menschenmenge. Dann drehte er sich um, wobei ein Mann, den er offenbar mit seinem Rucksack belästigt hatte, fluchte. Er sah, wie die drei Männer langsam näher kamen. Wenn sich die Türen jetzt wenigstens schlossen, dann wäre Hanjo gerettet. Der Zug hätte doch schon lange abgefahren sein müssen. Aber die Türen schlossen sich nicht. Sein Instinkt sagte ihm, die Tür mit der Hand zu schließen und dann zuzuhalten. Aber das Öffnen erfolgte mit Druckluft und dagegen käme Hanjo nicht an.

Während Hanjo noch fieberhaft nach einer Lösung suchte, waren die Männer auf seiner Höhe angekommen. Doch sie machten keine Anstalten einzusteigen, sondern gingen ganz normal weiter. Hanjo beobachtete sie weiter; sie strebten dem Ausgang zu. Schließlich schlossen sich die Türen und der Zug fuhr ab.

„Ich bin inzwischen paranoid."

Hanjo wunderte sich, dass die Leute ein Stück von ihm wegrückten. Offenbar führte er inzwischen auch schon Selbstgespräche. Aber wenigstens hatte er jetzt mehr Platz. Man muss alles positiv sehen.

Kapitel 37

Hanjo kam mit geringer Verspätung bei Kommissar Heise an. Nach der Begrüßung und allgemeinen Floskeln kam Hanjo sofort zur Sache.

„Ihr Tipp mit dem Passwort war ein Volltreffer. Das bedeutet aber auch, dass der USB-Stick, den Andrej mir zugesteckt hatte, für sie bestimmt gewesen war."

„Haben sie den Stick?"

„Nein, ich habe ihn doch damals auf dem Polizeirevier abgegeben."

Kommissar Heise schien sich an Hanjos frühere Aussage zu erinnern, denn seine Mine verfinsterte sich.

„Wie konnten sie denn das Passwort ohne den Stick überprüfen?"

„Wenn ich auch einmal ganz privat sein darf: ich hatte eine Sicherheitskopie der beiden Archive erstellt. Sie können jetzt versuchen den ursprünglichen USB-Stick zu bekommen oder sie nehmen diese Kopie."

Mit einem Siegeslächeln zog Hanjo seinen Stick aus der Tasche und hielt ihn Herrn Heise hin.

„Danke, dann nehme ich zunächst gerne diese Sicherheitskopie."

„Wenn sie die Dateien durchschauen, dann werden sie feststellen, dass von der Firma Biochemical Research einen Betrug mit großer Gefährdung durchgeführt worden ist. Biochemical Research verkauft abgestimmte Pakete von Saatgut und Spritzmitteln. Die Pflanzen sind dabei spezielle Züchtungen, die gegen die Herbizide resistent sind. Das ist ja soweit auch in Ordnung. Nur, die Pflanzen werden als Züchtung deklariert, sind aber in Wirklichkeit genmanipulierte Pflanzen."

Heise nickte anerkennend. „Das heißt, dass genmanipulierte Pflanzen ohne Genehmigung und vermutlich ohne die vorgeschriebenen Tests angebaut werden?"

„Genau das. Und keiner kennt das Gefährdungspotential. Keiner weiß, welche Risiken mit dem Verzehr der Pflanzen verbunden sind. Nichts wird als genetisch verändert deklariert. Vielleicht hat eine globale Katastrophe schon begonnen."

„Kann man denn nicht feststellen, dass hier eine Genmanipulation erfolgt ist?"

„Ich bin kein Experte, aber ich glaube, nicht so einfach. Wenn man einen gezielten Verdacht hat, dann wird man vielleicht feststellen können, ob es überhaupt theoretisch möglich ist, solche Gene durch Züchtung hineinzubekommen. Aber wenn man keinen Verdacht hat? Genmanipulation als Züchtung zu deklarieren ist schon genial".

„Na gut. Wir werden das überprüfen."

Kommissar Heise nahm den Stick von Hanjo und legte ihn auf seinen Schreibtisch.

„Gibt es sonst noch etwas? Hanjo, ich habe das Gefühl, dass ihnen noch etwas auf dem Herzen liegt."

Hanjo beschloss zum Angriff überzugehen. „Eigentlich ja. Ich habe von ihnen Informationen bisher immer nur stückchenweise erhalten. Was wissen sie sonst noch?"

Es entstand eine kurze Pause bevor Kommissar Heise antwortete.

„Hanjo, ich habe sie nie angelogen. Ich habe aber auch keine Veranlassung gesehen, ihnen mehr zu erzählen, als sie gefragt haben. Und sie müssen zugeben, dass das eine gute Strategie war. Sie haben für mich den Betrug von Cryos gelöst und jetzt die von Andrej für mich bestimmten Informationen vorbeigebracht. Besser hätte ich auch nicht arbeiten können."

„Aber wenn ich mich zum Beispiel veranlasst gefühlt hätte, illegale Sachen zu machen um an Informationen zu kommen?"

„Haben sie das?"

„Ich meine das rein hypothetisch."

„Wenn sie sich hätten erwischen lassen, dann wäre das natürlich ausschließlich ihr Problem. Haben sie das etwa?"

„Gottseidank nicht." Ahnte Heise etwas?

„Na sehen sie? Ich habe mich in ihnen doch nicht getäuscht. Und wenn sie einmal einen Job suchen, wir können kreative Informatiker, die etwas auf dem Kasten haben, gebrauchen. Die Computer Kriminalität nimmt laufend zu und wir sind dem kaum gewappnet."

Hanjo wusste nicht, ob das nur ein Kompliment sein sollte oder ein ernst gemeintes Angebot. Aber das war auch unwichtig, denn er hatte keine Familie zu ernähren und wollte mindestens promovieren. Bis zum Geldverdienen war es noch lange hin.

Aber auch Hanjo konnte sich manchmal irren.

Kapitel 38

Gegen Hanjos Wunsch hatten sie sich wieder im Lava-stein getroffen. Außerdem hatte er Glinda noch verspre-chen müssen, dieses Mal keine Pizza zu essen. Deshalb hatte er sich eine Pilz-Pfanne bestellt. - Manchmal hatte er ein schweres Leben.

**

Hanjo berichtete ausführlich von seinen beiden Besu-chen bei Kommissar Heise und seiner Überprüfung des Passwortes dazwischen.

"Damit sind wieder einige Teile ins Puzzle eingefügt. Aber das Bild ist immer noch nicht fertig."

Glinda ging dieser andauernde Vergleich mit dem Puzzle allmählich auf den Geist. "Was fehlt denn noch?"

"Wir kennen bisher weder die Mörder, noch deren ge-naues Motiv."

"Das ist doch klar, die wollten nicht, dass die Sache mit den genetisch veränderten Pflanzen auffliegt. Deshalb waren sie ja auch hinter dem USB-Stick her."

"Das ist bisher nur eine Hypothese, die noch verifiziert werden muss. Woher wussten sie denn, dass Andrej die-se Informationen besaß? Als Profi hat er bestimmt keine Spuren hinterlassen. Und mir ist immer noch nicht klar, wozu Andrej dich brauchte."

"Weil ich ihm gefiel. - Und nun lass doch diese Haarspalterei. Komm, lass uns dieses Thema für heute beenden und feiern. - Prost."

Eigentlich war es auch Hanjo ganz Recht, das Ganze einmal aus seinem Kopf zu verdrängen. Seit dem skurrilen Vorfall damals in der Herrentoilette, hatte sich sein Leben weitgehend um die Aufklärung von Andrejs Tot gedreht. Und es gab doch auch noch andere, viel wichtigere Dinge im Leben, oder?

**

Hanjo hatte inzwischen mehrere Gläser Wein ausgetrunken und sein Eis als Nachtisch verspeist. Er rief sich noch einmal ins Gedächtnis, wie großartig Glinda doch gewesen war. Sie hatte bei dem risikoreichen Datenzugriff auf den SharePoint Server nicht nur mutig und souverän mitgeholfen, sondern letztlich war sie es auch gewesen, die den letzten Anstoß gegeben hatte. Glinda war wirklich eine tolle Frau. Warum hatte er das vorher noch nicht so deutlich bemerkt?

**

Hanjo ging zur Toilette um Platz für neuen Wein zu machen. Beim Pinkeln gingen ihm so einige Gedanken durch den Kopf. Eigentlich war Glinda doch recht passabel, und außerdem hatte sie keinen Freund. Auch er hatte keine Freundin, denn er hatte sich stets voll aufs Studium konzentriert und deshalb war für eine Freundin nicht genügend Zeit gewesen. Aber mit der Zeit hatte er das Gefühl, dass ihm zu viel entging. Vielleicht ließ sich ja mit Glinda etwas arrangieren.

Als er zum Tisch zurückkam, setzte er sich deshalb nicht mehr gegenüber von Glinda hin, sondern über Eck. Dann schob er sein Weinglas zu sich rüber, legte seine links Hand auf ihren Oberschenkel und begann diesen mit dem Daumen zu streicheln.

"Lass das!"

"Sei doch nicht so."

"Wenn du es so nötig hast, dann geh doch ins Bordell."

"So kommst du nie zum Kind."

Glinda sprang abrupt auf, griff nach ihrem Mantel, den sie über die Stuhllehne gehängt hatte, und rannte davon.

Doch nach zwei Schritten drehte sie sich noch einmal um und rief: "Fick dich selber!"

Hanjo bekam einen knallroten Kopf, zumal die Gäste aus dieser Hälfte es Restaurants zuerst auf Glinda schauten und danach ihn anstarrten.

Auch die Bedienung, die ein Stück entfernt stand, schaute auf ihn. Hanjo winkte: "Zahlen!"

Die attraktive junge Frau kam zum Tisch, stellte sich vor ihn und grinste ihn frech an: "Haben der Herr sonst noch einen Wunsch?"

Kapitel 39

Hanjo ging nach Hause. Das hatte er wirklich gründlich vermasselt. Ihm tat auch Glinda Leid. Vermutlich hatte er sie maßlos enttäuscht. Als er zuhause angekommen war, nahm er sein Handy und schickte eine SMS. "Es tut mir sehr Leid, ich habe mich wirklich schlecht benommen. Kannst du mir vergeben?" Dann wartete er auf eine Antwort.

Als auch nach zwei Stunden noch keine Antwort eingetroffen war, legte er sich frustriert ins Bett.

**

Als Hanjo am nächsten Morgen auf dem Weg in die Uni war, tönte sein Handy. Glinda hatte doch noch eine Antwort geschickt. "Sorry, dass ich so heftig reagiert habe." Das war alles.

"Das bedeutet wohl erst einmal Eiszeit", dachte Hanjo.

Kapitel 40

Die nächsten Tage verliefen im Prinzip normal, und da es allmählich auf Weihnachten zuging, auch sehr ruhig. Ganz im Gegensatz zu Hanjos Inneren. Um bei seinem Vergleich mit dem Puzzle zu bleiben: Der rechte Rand war nicht gerade. Entweder waren einige Puzzleteile falsch eingepasst worden oder es fehlten noch weitere.

Hanjo zählte im Geiste die Punkte auf, die aus seiner Sicht nicht richtig passten. Erstens war das Verhalten der Security Leute, die nicht nur alle bedrängt, sondern auch Andrej getötet hatten, ganz ungewöhnlich für einem Mord. Man zeigt sich als Mörder nicht überall so offen. Außerdem hatten sie Andrej auf dem Flur des Informatikums zunächst nur durchsucht. Warum hatten sie ihn nicht sofort heimlich getötet? Und ein Auto im Schlosspark als Waffe? Das passte alles nicht so recht zusammen.

Der nächste Punkt war die Frage, was die Betrugsfälle mit dem Internet zu tun hatten? Kommissar Heise hatte doch gesagt, das sich Andrej ausschließlich mit Internetkriminalität befasste. Cryos und Biochemical Research waren zwar Betrugsfälle, hatten aber mit dem Internet nichts zu tun. So etwas war doch kein Fall für Andrej gewesen. Oder hatte Kommissar Heise gelogen? Hanjo glaubte das eigentlich nicht. Aber was heißt schon 'eigentlich'?

Hanjo ging alles, was er bisher erlebt hatte, und alle daraus gewonnenen Fakten, wieder und wieder durch. Aber er fand keine neuen Anhaltspunkte. Doch als er wieder einmal an Kommissar Heise dachte, sah er einen äußerst vagen Ansatzpunkt. Kommissar Heise hatte ihn zwar, wie er gesagt hatte, niemals angelogen, aber auch keine Veranlassung gehabt, ihm alles zu erzählen. Was, wenn das bei Monika ähnlich war? Sie hatte zwar gesagt, dass Andrej ihr normalerweise nichts von seiner Arbeit erzählt hatte, um sie zu schützen, aber was, wenn Hanjo auch hier bisher nicht die richtigen Fragen gestellt hatte? Es gab nur eine Möglichkeit das herauszufinden, er musste sich mit Monika verabreden.

Kapitel 41

„Brummmmmm". Das Flugzeug war auf dem Teppich gelandet.

„Mama, ich will später Pilot werden."

„Das kannst du sicherlich."

„Wirklich zwei nette Kinder", sagte Hanjo, „solche möchte ich später auch einmal haben."

Monika schaute nach unten.

„Aber sie haben keinen Vater mehr. Ich kann mir ein Leben ohne Vater gar nicht vorstellen. Mein Vater war für mich immer eine ganz wichtige Bezugsperson gewesen. Er war mein Vorbild und ich habe stets versucht, ihm nachzueifern."

„Da bin ich ja ganz schön ins Fettnäpfchen getreten", dachte Hanjo, „und warum schaut Monika weg? Will sie ihre Tränen vor mir verbergen?"

„Aber das ist noch nicht alles. Bisher habe ich nur ein paar Stunden vormittags gearbeitet, wenn die Kinder in der Schule oder im Kindergarten waren. Ich war also immer für sie da. Jetzt werde ich ganztags arbeiten müssen und neben dem Haushalt kaum noch Zeit für die beiden haben. - Es ist einfach alles Scheiße."

Jetzt konnte Monika die Tränen nicht mehr verbergen.

Hanjo legte seine Hand auf ihre und streichelte sie sanft mit seinem Daumen.

„Monika, es tut mir so Leid. Ich habe das alles nicht gesehen. Und zwar deshalb, weil ich so verbohrt in die Lösung dieses Puzzles war. Ich wollte unbedingt das Motiv für den Mord herausfinden und den Mörder fangen. Dabei habe ich einfach alles andere vernachlässigt."

Hanjo schaute Monika in die noch feuchten Augen.

„Je mehr ich jetzt darüber nachdenke, umso mehr weiß ich, wie furchtbar dumm ich war. Wenn ich bei Biochemical Research erwischt worden wäre, dann hätte ich nicht nur mein Leben zerstört, sondern auch das von Glinda. Ich war egoistisch und dumm. Und wofür das Ganze? Würde es dir und den Kindern besser gehen, wenn wir wüssten, warum Andrej ermordet wurde? Stattdessen hätte ich lieber dir helfen sollen. Monika, bitte entschuldige."

„Hanjo, es gibt nichts, für das du dich entschuldigen musst. Ich bin dir dankbar, dass du dich um eine Aufklärung bemüht hast. Und die wenigen Male, als Glinda und du bei mir gewesen wart, wurde ich wenigstens abgelenkt. Es ist so furchtbar, wenn sich alles im Kopf nur um das eine Thema dreht. Ich war kurz davor verrückt zu werden. Und wenn die beiden Kinder nicht gewesen wäre, wer weiß …."

Sie saßen sich eine Zeitlang schweigend gegenüber.

„Du hast die Sandtorte noch nicht probiert", sagte Monika jetzt wieder mit einem Lächeln.

Kapitel 42

Hanjo saß zuhause mit einer USB-Platte in der Hand vor seinem PC und ließ den gestrigen Abend noch einmal Revue passieren. Die Sandtorte, die Monika für ihn gebacken hatte, war wirklich lecker gewesen. Danach hatten sie noch etwas mit den Kindern gespielt. Als er schon gehen wollte, hatte Monika ihn noch einmal nach dem eigentlichen Grund für seinen Besuch gefragt. Er hatte in seiner SMS etwas von fehlenden Puzzleteilen geschrieben.

Für Hanjo war das Thema inzwischen unwichtig, aber Monika hatte ihn gedrängt.

„Ich bin mir sicher, dass noch ein paar Puzzleteile fehlen", hatte Hanjo geantwortet. „Und um die zu finden, bleibst eigentlich nur noch du übrig. Hat Andrej dir wirklich nichts über seine Arbeit erzählt?"

„Nein, außer der Sache bezüglich des Beerdigungsinstitutes, nichts."

„Hat er hier einen PC? Vielleicht sind dort wichtige Daten drauf."

„Natürlich steht ein PC in seinem Arbeitszimmer. Aber auf dem sind überhaupt keine Daten. Das war Andrej viel zu unsicher. Er hat alle Daten auf eine USB-Platte geschrieben, die er hier im Tresor aufbewahrt. Außerdem gibt es noch eine Sicherung auf einem Server von irgendeinem Kollegen."

„Kann ich mir die Festplatte einmal anschauen?"

„Du kannst. Allerdings glaube ich nicht, dass du damit etwas anfangen kannst. Andrej hat mir einmal stolz erzählt, dass er ein unknackbares System für die USB-Platte entwickelt habe. Die Daten liegen sicher verschlüsselt auf der Platte und ein Zugriff ist nur mit einem speziellen Programm möglich, das sich ebenfalls auf der Platte befindet und das teilweise selber verschlüsselt ist. Wie das funktioniert, habe ich nicht so ganz verstanden. Wenn man dieses Programm aufruft, dann muss man ein Passwort eingeben. Dabei hat man maximal fünf Versuche; danach wird der Schlüssel unwiederbringlich zerstört und niemand kommt irgendwann wieder an die Daten. Dasselbe hat er auch bei den Sicherungen eingesetzt."

„Das ist wirklich genial. - Darf ich mir die Platte einmal anschauen?"

Daraufhin war Monika ins Schlafzimmer gegangen und nach kurzer Zeit mit der Platte wieder gekommen. Hanjo hatte versucht, mit Andrejs PC auf die Platte zuzugreifen, aber Andrejs PC war mit einem BIOS Passwort geschützt gewesen. Das hätte sich Hanjo eigentlich denken können.

Monika hatte ihm deshalb die Platte mitgegeben und gesagt, dass Hanjo ruhig alle fünf Versuche für Passworte ausnutzen könne, denn entweder könne man das Passwort erraten oder die Platte wäre sowieso nutzlos.

Kapitel 43

Und so saß Hanjo wenig später mit der Festplatte vor seinem Schreibtisch. Er startete den PC und schloss die USB-Platte an. Auf ihr befand sich nur eine Datei mit dem Namen 'start.exe'. Dass es nur eine Datei gab, verwunderte Hanjo sehr. Trotzdem startete er dieses Programm mit einem Doppelklick. Danach erschien auf dem Bildschirm ein kleines Fenster mit einem Eingabefeld und darunter der Zahl 5. Das musste die Passwortabfrage sein.

Hanjo konzentrierte sich. Was für ein Passwort konnte Andrej nur gewählt haben? Da es insgesamt nur fünf Versuche gab, musste es nicht unbedingt sehr sicher sein. Ein zufällig generiertes Passwort kam eigentlich auch nicht in Frage. Ein solches Passwort konnte man sich kaum merken und musste es deshalb irgendwo hinterlegen. Und jeder Passwortsafe war vermutlich eher zu knacken als dieses Programm. Daraus folgte eigentlich, dass Andrej ein Passwort wählen würde, was er sich leicht merken konnte. So etwas, wie 'Monika', kam aber auch nicht in Frage, weil es viel zu leicht zu erraten war. Das Passwort für Kommissar Heise war eigentlich auch ganz simpel. Andrej war Informatiker und würde sicher logisch vorgehen. Aber mit welcher Logik?

Plötzlich hatte Hanjo eine Eingebung. Ja, dieses eine Passwort sollte er ausprobieren. Wenn das falsch war, dann machte es auch keinen Sinn, irgendwelche anderen zu testen. Entweder dieses oder keines.

Hanjo tippte '4Andrej' ein und drückte mit zittrigen Fingern die Enter-Taste.

„Bitte gib, dass es stimmt. Bitte, gib …..."

Plötzlich öffnete sich ein Dateibrowser und Hanjo hatte Zugriff auf viele Dateien die darin angezeigt wurden.

„Und die Macht war mit mir …."

Kapitel 44

Hanjo saß mit Monika und den beiden Kindern im Café Greco. Er hatte den beiden Kleinen ein gemischtes Eis spendiert.

„Hanjo, was macht dein Puzzle? Hast du jetzt alle Teile zusammen?"

Zumindest Monika schien der Vergleich mit dem Puzzle zu gefallen.

„Ja, das Puzzle ist jetzt vollständig. Allerdings sind einige Teile verschwommen. Man erkennt teilweise nur das grobe Bild, aber keine Details. Und wenn nicht irgendwann vielleicht noch einmal ein Zufall zu Hilfe kommt, dann wird sich das auch nicht mehr ändern."

Hanjo sah Monika fest in die Augen.

„Monika, was ich gleich sage, wird dir nicht gefallen. Willst du es wirklich wissen?"

„Ja. Es ist mir egal, ob es mir gefällt oder nicht. Hanjo, ich möchte zukünftig mit der Wahrheit leben. Selbst wenn sie schmerzt."

„Es ist deine Entscheidung. - Ich habe die Festplatte von Andrej ganz grob durchgearbeitet. Danach habe ich fünf Dateien für Kommissar Heise kopiert und war heute Vormittag bei ihm. Ich habe ihm geschildert, wie sich für mich die Ereignisse darstellen, und er war mit mir hundertprozentig einer Meinung. - Das wichtigste: Andrej ist wahrscheinlich nicht ermordet worden, sondern es war ein tragischer Unfall."

Hanjo sah den erschütterten Blick von Monika.

„Ja, ein Unfall. Alles andere macht keinen Sinn. Du wirst es verstehen, wenn ich die den Rest erzähle."

**

Hanjo berichtete, was er herausgefunden hatte. Aus den Dokumenten ergab sich, dass Andrej hinter einer Bande von Erpressern her war. Diese drangen über das Internet in Firmen ein und suchten nach kompromittierenden Daten. Andrej hatte in einem Dokument zynisch bemerkt, dass scheinbar alle Firmen eine Leiche im Keller hätten.

Andrej hatte festgestellt, dass die Erpresser gerade bei Cryos und Biochemical Research eingedrungen waren und nach Material suchten, das für sie brauchbar war. Er hatte deshalb die Zugänge für die Erpresser abgeriegelt. Doch das war den Erpressern nicht verborgen geblieben.

Irgendwann hatte Andrej dann die Strategie gewechselt. Er hatte die Informationen, die die Erpresser haben wollten, und hatte diese als Köder benutzt. Dabei muss etwas schief gegangen sein, denn die Erpresser kannten ab einem Zeitpunkt seine Identität. Deshalb stellten sie Andrej auf dem Gang im Informatikum. Es war nicht ihre Absicht ihn umzubringen, sondern sie wollten nur die Daten.

Der zweite Versuch an die Daten zu kommen, erfolgte dann vor dem Schlosspark. Andrej lief in den Park und die Erpresser folgten ihm mit dem Auto. Andrej muss beispielsweise gestolpert sein und der Erpresser konnte nicht mehr früh genug bremsen. Sie werden den schwer verletzten Andrej noch einmal erfolglos durchsucht haben und sind dann verschwunden.

Monika hatte die ganze Zeit angespannt zugehört.

„Also nur ein Unfall?"

„Ja, hätten sie Andrej wirklich ermorden wollen, dann hätten sie das viel geschickter gemacht. Nach seinem Tod haben sie dann bei uns noch nach den Daten gesucht und danach aufgegeben. Ihr Geschäft war Erpressung und nicht Mord."

Hanjo machte eine Pause, dann fuhr er fort.

„Ich habe Kommissar Heise nur fünf Dateien gegeben. Ich möchte, dass die USB-Platte wieder bei euch im Tresor lagert. Was darauf ist, ist zu brisant und muss unbedingt geschützt werden. Sie enthält unter anderem von Andrej entwickelte Programme und Beschreibungen. - So habe ich dazugelernt, dass man bei einem gerade heruntergefahrenen Computer nach Passwörtern im RAM suchen kann, indem man das RAM mit Kälte einfriert, so dass der Speicher seine Ladung noch eine Zeitlang behält. Andrej muss ein Genie gewesen sein."

Hanjo merkte, dass Monika den Tränen nahe war. Deshalb nahm er ihre Hand und drückte sie fest.

Kapitel 45

Hanjo saß auf einer Bank im Schlosspark. Er schaukelte sanft ein Baby, den kleinen Andrej, in seinen Armen und genoss die Sonne. Neben ihm saß Monika und lächelte ihm zu. Dann schaute sie wieder zum Spielplatz wo Alexander und Magdalena herum tobten.

"Hast du in letzter Zeit etwas von Glinda gehört?"

Aufgrund des Skandals mit den genmanipulierten Pflanzen bei Biochemical Research waren viele aus dem Management entlassen worden und einige wurden sogar verhaftet. Dadurch war ein Vakuum entstanden und Glinda hatte eine schnelle und steile Karriere gemacht.

"Ja, wir haben letzte Woche telefoniert. Sie soll jetzt Geschäftsführerin werden."

"Dann ist sie ja ganz oben. Wenn man aber so einen Posten hat, dann hat man für eine Familie meist keine Zeit mehr. Und wenn man älter wird und merkt, dass doch etwas zu einem erfüllten Leben fehlt, dann ist es meist schon zu spät. Schließlich braucht man ja auch noch einen Mann dafür."

"Und da ist bei Glinda immer noch nichts in Sicht."

"Das ist aber nicht unser Problem."

Hanjo nahm Monikas Hand und drückte sie. Vor rund einem Jahr hatten sie geheiratet. Finanziell sah es zwar nicht so rosig aus, doch immerhin hatte Kommissar Heise sein Versprechen eingelöst und Hanjo einen Job bei der Kripo besorgt. Ansonsten waren sie absolut glücklich. Es störte auch keinen von beiden, dass Monika zwei Jahre älter als Hanjo war.

Beide schauten sich an, gaben sich einen Kuss und widmeten dann ihre Aufmerksamkeit einem Segelflugzeug das friedlich seien Kreise am Bergedorfer Himmel zog.

Vom selber Autor im selben Verlag erschienen:

Das Inselgen - Umweltkrimi

1992 - Auf der nordfriesischen Insel Föhr gibt es plötzlich unerklärliche Wahnsinnsanfälle. Professor Brunner,
dessen Frau auch betroffen ist, wird in die Untersuchun-
gen einbezogen. Das Profitstreben der Industrie sowie
die Vogelstrauß Politik der Landesregierung scheinen zu
einer globalen biologischen Katastrophe zu führen.